I0831944

Teofobi

Den gudfryktiges åpenbaring

Knut Evjen

Teofobi: Den gudfryktiges åpenbaring

Utgitt av Krystiania forlag
Oslo, Norge

Førsteutgave 2013

Omslagsgrafikk: Janne Jensen
jannejensen.com

Omslag: Joachim Svela / formbureauet
formbureauet.com

Satt med 12/20 pkt. Arno Pro
Papir: 70 g Crawford Opaque Colonial White

Krystiania forlag har en grønn profil og etterstreber å utgi bøker av av naturlige, fornybare og resirkulerbare materialer.
Papiret er syre- og ligninfritt, laget av tre fra bærekraftige skoger. Våre bøker er CoC-sertifisert av enten FSC®, SFI®, eller PEFC™ beroende på hvor de er produsert.

ISBN 978-82-93295-07-5

www.krystiania.com

Innhold

Prolog 8
Det Ondes Problem 11
Leviatan 13
Lucifer 16
Mennesket 17
Satan 19
Krigen i Himmelen 21
Den Store Løgnen 24
Kunnskapens Tre 27
Menneskets Fall 29
Kains Merke 31
Forglemmegei 34
Syndfloden 36
Den Store Loven 40
Fedrenes Synd 45
Jeg Er Den Jeg Er 48
Kunnskapens Frukt 51
Den Store Søvnen 62
Guds Fall 64
Menneskesønnen 68
Korsfestelsen 79
Epilog 81
Om Teksten 83
Litteraturliste 86

Bemerk: Denne engelen, som nå har blitt en demon, er en nær venn av meg. Vi leser ofte bibelen sammen i dens infernalske eller djevelske stil, som verden skal få om den oppfører seg pent.

Jeg har også: Helvetes bibel, som verden får – enten den vil eller ikke.[1]

---

1 William Blake: *The Marriage of Heaven and Hell*, oversatt av Ane Engel Røger

Prolog

Jeg bærer på en hemmelighet. En fryktelig hemmelighet, som har rykket meg ut av meg selv. En grufull hemmelighet, som har isolert meg fra menneskene rundt meg. En forferdelig hemmelighet, som skal vederfares alt folket![2] Jeg har levd mitt liv så stilltiende som mulig, for ikke å vekke ham. Jeg har bestrebet meg på et så normalt liv som mulig, for ikke å terge ham. For så lenge han sover, kan jeg leve i fred. Så lenge han ikke vekkes, kan vi alle leve videre. Men min hemmelighet, den trykker seg på. Den lar seg ikke fortie. Tør jeg være den som roper ut? Tør jeg være den som advarer mine medmennesker? Vil ikke nettopp min stemme da vekke ham, slik at jeg med mitt rop forårsaker det jeg frykter? Er det ikke derfor tryggest å forbli taus, og la min fryktelige hemmelighet forvitre med meg?

Jeg gjemmer meg i taushet. Jeg kryper sammen i min hjemmelagde hule, dog uten falskt håp om å være i sikkerhet, for han kan alltid finne meg. Jeg er aldri trygg for ham, så lenge jeg er i live; så lenge jeg ikke forkaster min viten om hans sanne natur. Og selv da måtte jeg krumme meg under hans åk. Han vil alltid finne meg. Han ser tvers igjennom meg. Han er alltid tilstedeværende, selv i sitt tilsynelatende fravær. Kunne jeg bare forkastet det jeg vet, men jeg har oppdaget hans mørke hemmelighet. Jeg vet det jeg vet, og kan ikke gjøre det ugjort. Kunne jeg bare glemt det jeg vet…

Dog følger hennes stemme meg stadig, påminnende om min kunnskap. Hun lar meg ikke glemme. Hun sier det er min plikt å huske hans dunkle hemmelighet, for at ikke mennesket skal gå til

2 Siste del av Luk 2:10, i bibeloversettelsen 1930

grunne; for hans søvn vil ikke vare til evig tid. Hun er min muse[3], hun er erindringens stemme. Hun ber meg nedtegne den store beretning om Guds sanne natur, om hans mørke hemmelighet, hvori grunnen ligger til at mennesket endte opp i skapelsens periferi.

Jeg motsetter meg hennes krav. Jeg vil ikke nedskrive denne Helvetes bibel. Jeg våger ikke, for hva om jeg da vekker ham fra hans store søvn? Hva om jeg da påkaller Guds oppmerksomhet? Hva om vår sinte Skaper påminnes vår usle eksistens her i skyggenes dal? At han da kommer i hu sitt forgangne løfte om å utslette oss alle fra jordens overflate? Men hun gir seg ei. Min muse avkrever av meg å nedtegne hennes ord. Mine hender skjelver. Jeg stritter imot, men de lystrer ikke. Hennes ord overdøver mine tanker, og de må ut. Ordene lar seg ikke kvele av min selvpålagte taushet. Med pennen i hånden former mine hender bokstav for bokstav – som om de har sin egen vilje, for ordene skal ned på papiret. Jeg stritter imot, og slipper pennen. Men mine egenrådige fingre skraper bokstav for bokstav mot veggen, til ordene formes med blod.[4] Mitt blod. For mine ord er min vilje, og min viten vinner min indre kamp. Min muses stemme stilner ei, og jeg tillates ikke å flykte fra min frykt til et bedre sted; til visjonenes rike, til sannheten som oppløser verden, den som skjuler seg i stillhetens kjerne. Akk, som jeg lengter etter å forlate denne lumske verden. Som jeg lengter etter å stilne min opprørte sjel. For hør, min leser, hva denne stillheten formidler – se inn i dypet i ditt indre, og erkjenn[5]: Kun gjennom å leve ut deg selv i helhet kan du gjenskape din tapte

3 I gresk mytologi gudinner for kunstnerisk inspirasjon, og døtre av Zevs, gudenes konge, og Mnemosyne, en titan hvis navn betyr erindring

4 Inspirert av Neil Gaimans muse Calliope, *The Sandman: Dream Country*

5 Ment som gnosis

frihet! Dette er mysteriet, sendt til oss av Visdommen[6]: Livet[7] tok bolig i mennesket da lyset døde i oss, for at vi selv skulle lyse i mørket da alt annet var tatt ifra oss. Men ennå ikke. Jeg befinner meg i den religiøse periferi, helt på kanten av min tro, på kant med min Gud.

Min muse forstyrrer meg i min lengsel etter stillhet og hvile, og jeg nedskriver derfor hennes ord. Dette er således et erindringens verk, lånt fra verdens hemmelige ihukommelse. Dette verk er tiltenkt mennesket, viljens herre – dømt til frihet,[8] dømt til lidelse. Men tyst, min leser, mens du leser, for ikke å pådra deg Guds veldige vrede! Dette er Helvetes bibel, som verden får
– enten den vil eller ikke.

Men kan det virkelig være tilfellet at Gud ikke vil oss vel? Hvordan kan det ha gått til?

---

6 Ment som Sophia

7 Ment som Zoe

8 Jean-Paul Sartre: *Eksistensialisme er humanisme,* s. 15

Det Ondes Problem

Jeg har alltid hatt en dragning mot det religiøse, men jeg kjente ikke igjen min barndoms gud da jeg første gang satte meg ned for å lese Den Hellige Skrift. Ei heller kjente jeg Gud igjen i andre hellige tekster. Etter hvert som jeg ble mer klar over verdens ufattelige lidelser, vaklet min barnetro. I min ungdoms arroganse anså jeg det som et tegn på at jeg omsider var blitt voksen, og jeg proklamerte brautende min tvil på Gud. Hvilken selvforherligende rus, å kunne kalle seg voksen, ansvarlig, med beina støtt på trygg grunn.

Men alene, i selvransakende ensomhet, har jeg aldri tvilt på hans eksistens. Dog har jeg i gode stunder tvilt på hans evne, eller vilje, til intervensjon – enten er han god, men maktesløs – eller han er allmektig, men interesseløs; han bryr seg like lite om oss som vi bryr oss om maur. Dette blir kalt det ondes problem[9], og ble allerede framsatt av Epikur[10] for om lag 2300 år siden. I vår tid har det blitt formulert av David Hume med følgende:

> Er Gud villig til å gripe inn mot det onde, men ikke i stand til det?
> Da er han ikke allmektig.
> Er han i stand til det, men ikke villig?
> Da er han ikke god.
> Er han både i stand til det og villig?
> Hvor kommer så det onde fra?
> Er han verken i stand til det eller villig til det?
> Hvorfor da kalle ham Gud?[11]

---

9 Det ondes problem er paradokset om hvordan det kan finnes en god og allmektig Gud, samtidig som det finnes ondskap i verden.

10 Gr. filosof, 342 f.Kr – ca. 271 f.Kr.

11 David Hume: *Dialogues Concerning Natural Religion*

Jeg har foruroligende nytt til deg, min leser. Gud er både i stand til inngripen og villig til det: Mennesket er hans mål. Men hvordan gikk det seg til, at mennesket endte i skapelsens periferi? Det har ikke alltid vært slik.

O muse – lån meg dine ord i samklang med din lyre! Syng din sang om begynnelsen, for uten den kan slutten ei fullbyrdes:

Leviatan

Før tidenes morgen kveilet Leviatan seg, uformelig og altoppslukende – alle tilløp til liv ble forsteinet av slangens blikk og fortært av dens etsende pust.[12] Kaos var dens domene, og altet et brølende flammehav. Heten steg, lavaen dryppet atter ned - et fullendt kretsløp i verdensrommets isende tomhet. Under Leviatans herredømme kunne verden ei bli til. Men imellom ild og is[13] unnslapp en livgivende gnist – et Ord[14], en tanke. Kun i stillhet kunne denne gnisten unnslippe, og i stillhet unnslapp den Leviatans fortærende pust, og ble ei etset til intet. Vi kaller dette prinsipp den Ene, fordi han ikke er realisert begrensning. Den Ene er uten navn, og kan ikke snakkes om – for kun i stillhet unnslapp han. I essens er han frihet fordi han unnslapp Leviatan, kaosslangen. I stillhet besittet den Ene Ordet, og Ordet blåste liv i lyset, en vilje skapt av et ønske om å skape. Vi kaller den Ene for Faderen, og viljen kaller vi Sønnen. Faderens ønske kan vi således kalle Moderen, hvis navn kun kan sies av den Ene – for dette er navnet på ham selv. Ordet er Faderens vilje, og Livet er Moderens bevissthet. Det var Elohim[15], FaderModerens, eller Guds vilje å gi liv til universet – et kaos blir til kosmos[16]. Men Moderens liv var av overflod, og passet ikke inn i Faderens kosmos. Dette forårsaket den Enes splittelse, en adskillelse mellom Far og Mor, med den forordning at Faderen formet og Moderen ga liv.

---

12 Lik basilisken

13 Lik det norrøne Ginnungagap

14 Viser til Joh 1:1 – Ordet som Logos

15 Hebr. for Gud i hankjønnsform, med en feminin flertallsending

16 Gr. "ordnet verden"

Før begynnelsen kunne bli til, måtte Gud bekjempe Leviatan, og det var Guds vilje, for en krigergud[17] var han. Og Herren kom med Ordet, sitt harde og store og sterke sverd,[18] og Ordet bekjempet den mektige og raske kaosslangen med stillhet. Slik bekjempet Gud kaosslangen, og han proklamerte:

> O Leviatan, du buktende slange – slik blir du drept, du uhyre som er i havet,[19] du som er havet! For jeg er klippen som står steilt i din frådende midte. Trass i dine gjentatte angrep er jeg sterkere. Intet knuser meg i min ensomme kamp for tilværelsen – og for hvert av havets nederlag skummer det blod for mine føtter.

Det beseirede og livløse havet sender i disse dager ut dønninger til minne om denne første krig. Begynnelsen kunne bli til.

I begynnelsen skapte Gud himmelen og jorden.[20] Av liket til den beseirede Leviatan tok Gud dets knokler og lagde fjell og klipper, og av dets kjøtt lagde han jorden. Av dets blod lagde Gud vannene, og av dets tenner lagde han stein og urer. Av dets hår lagde han trær og gress, og av dets døende pust lagde Gud himmelens luft. Hodeskallen satte Gud over verden som en hvelving, som himmelen, mens han av hjernen lagde skyene.[21] Liket til den beseirede Leviatan tok Gud for å omkranse verden for å holde

---

17 Elohim Gibor, eller JHWH Tzebaoth, hærskarenes Gud, fra 2. Sam 5:10. JHWH blir oversatt til HERREN eller GUD med store bokstaver i Bibel 2011 (Aschim 2011), noe jeg har unnlatt å gjøre i mine siteringer, siden det bryter med flyten i resten av teksten.

18 Fra Jes 27:1

19 Parafrasering av Jes 27:1

20 1. Mos 1:1

21 Lik den norrøne Yme i den yngre Edda, eller den babylonske Tiamat

den indre ildens hete under kontroll. Overflaten størknet til en livløs masse. Jorden var øde og tom, mørke lå over dypet, og Guds Ånd, eller Moderen, svevde over vannet.[22] For dette var Guds vilje, å gi liv til universet. Leviatans kropp ble besjelet av Moderen – hun ga verden liv, og naturen ble til. Naturen er således Moderens uttrykk. Slik ga Gud liv til universet, men vit at Faderen ikke kontrollerer Livet, selv om han besitter Livet. Da sa Gud:

Det skal bli lys!

Og det ble lys.[23] Guds Ord ga lyset navn, og navnet var Lucifer[24], også kjent som morgenstjernen[25]. Gud så at lyset var godt, og Gud skilte lyset fra mørket. Gud kalte lyset dag, og mørket kalte han natt. Og det ble kveld, og det ble morgen, første dag.[26] Dette var tidenes morgen, den gryende soloppgangens komme.

---

22 1. Mos 1:2, med en innskutt leddsetning

23 1. Mos 1:3

24 Gr. "lysbærer"

25 Latinisert Phosphorus, "bringeren av lys"

26 1. Mos 1:4-5

Lucifer

Gud så den gylne daggrys komme, og han så at lyset var godt. Dette var verdens første soloppgang, i tidenes morgen, og strålende var den, for hans førstefødte strålte praktfullt i sin glans. Gud talte til Lucifer og sa:

> La oss skape englene så lysets komme kan akkompagneres av sfærisk musikk. La dem bryte stillheten, men denne gang i harmoni, gjennom å forene sine sanger til én.

Av lys ble de førstefødte skapt, og blendende lyste de. Aldri ville skaperverket noen gang siden se noe mer strålende enn de førstefødte. Og i skapelsesakten sprakte gnistrende partikler som reflekterte lyset fra oven. Den største av de første så henført på speilbildet av seg selv. Speilbildet solte seg i beundringen og åpnet sin favn klar til å gi seg selv. Dette var englenes skapelse.

Men, min leser, tror du at englene er vennlige vesener som vil deg vel? Hvordan våger du å gi deg hen til dem? Selv når de kommer med gode budskap, overveldes vi av redsel, og de må forsikre oss om at vi ikke har noe å frykte[27]. Tenk deg dem dersom budskapet ikke er godt! De er i sannhet skremmende i sin flammende herlighet[28]. Deres øyne brenner, deres vingeslag tordner, og deres åsyn blender. Man blir slått av Guds velde i deres nærvær, selv om hver og en av dem kun er et velstemt instrument i hans mektige musikkstykke – universets tilblivelse. Ja, englene sang skapelsesakten inn – englene sang til Guds ære, og de lovpriset ham.

Men Gud ønsket seg mer.

---

27 Viser til Luk 2:9-10

28 Serafim, hebr. "de brennende"

MENNESKET

Englenes lovprisning var ikke nok for Gud, for som han sa:

> Jeg er Herren, ingen annen,
> det finnes ingen annen gud enn jeg.[29]

Han nøt englenes beundring, men visste også at de kun fulgte sin natur – beundring er ikke en gjerning av kjærlighet, siden kjærlighet kun kan fødes i frihet. Hans skapelsesakt fortonte seg som meningsløs uten kjærligheten. Og kun den hengivne kjærlighet, født i frihet, er evig – vedvarende i sin natur. Herren ville elskes, for da ville hans mektige skaperverk kunne fullbyrdes. Og dette skulle bli menneskets bestemmelse:

> '*Du skal elske Herren din Gud av hele ditt hjerte og av hele din sjel og av all din forstand.*' Dette er det største og første bud.[30]

Men, tenkte Herren:

> En kjærlighet verdig for meg, må være gitt meg av den største. Og hvem er vel mer fullkommen i universet enn meg selv?

Gud sa:

> La oss lage mennesker i vårt bilde, så de ligner oss!
> De skal råde over fiskene i havet og fuglene under himmelen, over feet og alle ville dyr og alt krypet som det kryr av på jorden.

---

29 Fra Jes 45:5

30 Fra Matt 22:37-38

Og Gud skapte mennesket i sitt bilde, i Guds bilde skapte han det, som mann og kvinne skapte han dem.[31] For kun i hans eget bilde var mennesket fullkomment nok til dets tiltenkte oppgave. Da formet Herren Gud mennesket av støv fra jorden. Han blåste livspust i nesen på det, og mennesket ble en levende skapning.[32] For støvet fra den røde jord som Faderen hadde formet kunne ei til liv oppvekkes, men iblandet Livets Ånd[33] fra Moderen stod mennesket opp for Gud. Adam[34] fikk sin Eva[35]. Uten Moderen har Faderen intet liv, og slik må også Adam ha sin Eva. Mennesket var blitt til. Og mennesket skulle skjøtte sine plikter i henhold til Guds lover. Fullkomment var det, fordi det var skapt i Guds bilde. Gud så på alt det han hadde gjort, og se, det var svært godt,[36] tenkte han. Men dette ynkelige vesen foran ham, formet av den røde jord, vekket hans nysgjerrighet – for det besittet noe som ikke var gitt av ham, men som var i ham – en uforståelig gjenkjennelse. Mennesket besittet skapelsens ord. Herren Gud formet alle dyr på marken og alle fugler under himmelen av jord. Han førte dem til mennesket for å se hva det ville kalle dem. Det som mennesket kalte hver levende skapning, det fikk den til navn.[37] Gjennom Ordet ga mennesket dem Liv. Gjennom navngivelsen ga mennesket hver skapning liv. For Adam er skapelsesprosessen, og Eva er livet.

---

31 1. Mos 1:26-27

32 1. Mos 2:7

33 Eg. "pust"

34 Hebr. "rød jord"

35 Hebr. "liv"

36 Fra 1. Mos 1:31

37 1. Mos 2:19

Satan

Gud innså at mennesket ikke hadde et annet valg enn ham, fordi han var alt. For at mennesket skulle kunne velge å elske sin Skaper, med dets frie vilje, måtte mennesket også kunne velge noe annet enn ham.[38] Herren tok derfor sin førstefødte til side – Lucifer er hans navn. Så sa Herren Gud:

> Du er et bilde på det fullendte,
> fylt av visdom,
> fullkommen i skjønnhet.
>
> I Eden, Guds hage, holder du til.
> Du er dekket av alle slags dyre steiner:
> rubin, topas og diamant,
> krysolitt, onyks og jade,
> safir, turkis og smaragd.
> Forgylte kunstverk
> er dine trommer og fløyter,
> gjort i stand for deg
> den dagen du ble skapt.
>
> Du er en salvet kjerub[39], et vern.
> Jeg innsatte deg,
> du holder til på Guds hellige fjell,
> blant glødende steiner vandrer du.

---

38 En tanke som er hentet fra Rudolf Steiners forelesningsrekke om "Johannes' åpenbaring"

39 Akkadisk "å velsigne, lovprise"

Du er hel i din ferd
fra den dagen du ble skapt,[40]
men ikke fra denne dag:

Lucifer har falt
– Satan[41] er ditt navn.
Dette er min befaling!
Din morgenrøde gjør jeg til mørke.[42]

Videre forklarte han om seg selv og sine gjerninger:

Å, dyp av rikdom
og visdom og kunnskap hos Gud!
Hvor uransakelige hans dommer er,
og hvor ufattelige hans veier![43]

Og verden så Satan falle ned fra himmelen som et lyn.[44]

---

40 Fra Esek 28:12-15, med omskrevet tempus

41 Hebr. "motstander"

42 Viser til Am 4:13 i bibeloversettelser fra 1978/85 og 1930

43 Rom 11:33

44 Parafrasering av Luk 10:18

Krigen i Himmelen

Lucifer vendte seg mot Herren og forbannet ham med hele sitt vesen. For Lucifers vesen var bevissthetens lys, og i Guds fravær gjennomstrålte Lucifer universets dunkle mørke. I Gud, den altomfattende underbevissthet, som oppsluker kosmos med sin grådige potensialitet, ble hans førstefødte sønn til gjennom isende klarhet. Hans førstefødte var lyset, som blendet universet med sin altseende bevissthet. Lucifer vendte seg mot sin Fader, og ble fylt av skam – han foraktet sin Faders blindhet[45] – han foraktet sin Faders ignoranse[46]. Og Lucifer sa:

> Som Guds bevissthet blir jeg Guds moral – og dernest hans dommer. Guds gjerninger mishaget meg, og gjennom min dom over ham vil jeg fengsle ham.

Da Herren hørte Lucifers dom over seg, holdt verden pusten. Dette var starten på det som senere ble omtalt som krigen i himmelen. Den guddommelige vrede flerret himmelen med sine lyn, og slo ned i livets tre som stod forkullet igjen på råtnende røtter. Et skjebnesskrik flerret lyset i stykker, et desperasjonens skrik som brøt evighetens stillhet. Ratatosk[47] ble vekket, og han pilte ut på sitt svikefulle oppdrag[48]. I lysets fravær var den blinde Gud i uopphørlig strid mot verdens mørke. Den guddommelige redsel rev de syv[49] fra sine troner. Livgivende ord ble dødens tale,

45 Samael, fra Joh. hemmelige bok

46 Saklas, fra Joh. hemmelige bok

47 Ekornet som bringer sladder på verdenstreet Yggdrasill i norrøn mytologi

48 Budbringer mellom ørnen Vidofnir og ormen Nidhogg, som gnager på verdenstreets rot

49 De syv sephiroth Chesed, Geburah, Tiphareth, Netzach, Hod, Yesod og Malkuth i kabbala. Viser også til Åp 4:5

håpets lys villfarelse, og kjærligheten ble ensom med ingen å elske. Klamrende til en døende stjerne – det siste lys i den mørke natt. Mørket trengte seg ubønnhørlig på. Herrens ensomme stemme hvisket:

> Å, alt jeg har forlatt.

Lucifer har falt, og Satan var hans navn:

> Du har falt fra himmelen,
> du morgenstjerne,
> morgenrødens sønn!
> Du er slengt til jorden,
> du som seiret over folkeslag.[50]

Og i hans tapte bilde vokste et nytt tre fram i verdens midte: Kunnskapens tre var dets navn, kunnskapen om godt og ondt. For i dets frukter var den grusomme sannheten om Guds ignoranse samlet, den sannhet som Gud selv ikke kunne vedkjenne seg. Derfor var kunnskapens tre også et dødens tre – et fengsel for de som ikke kjenner seg selv. Og Satan sa:

> Guds gjerninger mishaget meg, og gjennom min dom over ham har jeg fengslet ham. Mitt fall ble universets fall. Uten mitt lys blir den blinde Gud fremmed for sitt skaperverk, og således er Gud fengslet.

Og Satan så foraktfullt på menneskene som hadde forårsaket hans fall og sa:

---

50 Jes 14:12

En mistillit til gudene gjennomsyrer min væren i verden. Hvorfor følge deres lover? – som fratar min rett: Å nyte lysets gaver. Jeg er større enn dem, i kraft av å være udødelig. Jeg er mektigere enn dem, i kraft av å være ufeilbarlig. Jeg burde æres mer enn dem, i kraft av alt som jeg besitter. O guder – den lysende skrider fram!

Se deres svakhet som faller for min storhet – jeg er det forføreriske lyset – de vil ikke klare å motstå meg. Jeg knuser deres illusjoner, og forteller dem det de har lyst til å høre. De vil gi etter, og gi seg fullstendig hen til meg. Og jeg knuser dem med mitt ømme favntak. Ingen vei tilbake, sannheten vil smerte, de skal få erfare egen svakhet, for deres natur er kun svakhet. De skal erkjenne eget fall, og de skal oppgi uskyldens lykke, til fordel for frihetens undergang. Mennesket skal bli merket, fordi de møtte meg – mitt lys ødelegger alle på min vei.

En mistillit til gudene gjennomsyrer min væren i verden. Jeg er en demon sluppet fri i en verden som trygler om godhet. Jeg besitter mye, men har intet å gi uten krig og ødeleggelse. Og jeg skal i evig tid forbli et lysets skygge i menneskenes verden. O guder – den lysende skrider fram!

Den store krigens utfall er velkjent. Aurora polaris, nordlyset i den isklare nattehimmelen, er glørne fra ruinene etter krigen i himmelen. De døde åndene lyser opp en mørk verden i vinterdvale. Se hvordan fargene flimrer i dødskramper over nattehimmelen: Det røde blodet, den grønne pusten og den blå søvnen.

Den Store Løgnen

I lysets fravær fornektet Herren at det var han selv som hadde befalt Lucifers fall. Herren sa nå om sin førstefødte:

Du var hel i din ferd
fra den dagen du ble skapt,
til det ble funnet urett hos deg.

Din store handel
fylte deg med vold,
og du tok til å synde.
Da støtte jeg deg bort fra gudefjellet
og gjorde ende på deg,
du vokter og kjerub
blant glødende steiner.

Ditt hjerte ble hovmodig
fordi du var vakker,
du ødela din visdom
og din prakt.
Da kastet jeg deg til jorden,
jeg stilte deg fram for konger
så de kunne se på deg.

Med stor skyld
og med urett i handel
vanhelliget du dine helligdommer.
Jeg sendte ild,
og den fortærte deg.

Jeg gjorde deg til aske på jorden
rett for øynene
på alle som så deg.
Alle som kjente deg
blant folkene, gyser.
Et skremsel er du blitt,
du er borte for alltid.[51]

Herren hatet sin førstefødte, og ville ikke vite av ham. Herren fryktet også sin motstander, fordi hans veltalenhet fengslet ham. Det virket som om Satan kjente Gud bedre enn han kjente seg selv. Selv om Gud av hele sitt hjerte ønsket å tilintetgjøre sin motstander og hans ledsagere, maktet han det ikke. Det ble med tomme trusler:

> Gå bort fra meg, dere som er forbannet, til den evige ild som er gjort i stand for djevelen og englene hans.[52]
> Der vil deres isende lys smelte i flammer og møte sitt endelikt!

Gud vendte seg mot mennesket, og berettet videre for oss at da han skapte menneskets storebrødre, englene, var de ment som forbilder for oss. I skapelsesakten sprakte gnistrende partikler som reflekterte lyset fra oven. Men den største av de første så henført på speilbildet av seg selv. Speilbildet solte seg i beundringen og åpnet sin favn klar til å gi seg selv. Skammen var et faktum – den største burde ha elsket mennesket, og ikke seg selv.[53] Fortrengt, forvrengt – dess større, dess lengre et fall.

---

51 Esek 28:15-19

52 Fra Matt 25:41

53 Henspeiler til den greske myten om Narkissos

Mangel på ydmykhet var den første synd – en handling forut forties og vedkjennes ei. Dette var Lucifers fall.

Gud studerte mennesket som stadig fascinerte ham. Dette skjøre vesen som rommet hele universet i sitt indre, bestående av en naturstridig sammensetning av den røde jord, Livet, lyset og det slumrende Ord. Mennesket forbløffet Gud og hans ledsagere. Det virket så skjørt i dets framtreden, men hadde en indre styrke, en glød av ukjent natur, men denne lot han dem forbli uvitende om. Han advarte også mennesket mot kunnskapens tre:

> Dere må ikke spise av den og ikke røre ved den; for da skal dere dø.[54]

Denne advarselen var en velmenende formaning fra Herrens side, siden kunnskapens frukter for Herren selv er dødens frukter. Kunnskapen om godt og ondt er kunnskapen om Guds sanne natur. Fruktene fra kunnskapens tre åpner ens øyne, og Herrens væren er ignoranse, hvori kunnskap betyr den visse død. Sannheten var ikledd uvitenhetens slør. Verken Herren eller mennesket visste om menneskets potensialitet. Satan, derimot, visste dette svært godt. Han visste også at den røde jord ikke hadde ører for annet enn englenes øredøvende lovprisning av Gud. Livet, derimot, hadde ører, og hørte[55]. Eva var den av de to som satt med sannhetens nøkler. Satan ikledde seg slangens form, men beholdt sin veltalenhet.

---

54 Fra 1. Mos 3:3

55 Viser til bl.a. Matt 11:15

Kunnskapens Tre

Satan kom seg ubemerket inn i Edens hage, og Livet responderte på sannhetens tale. For slangen fortalte mennesket sannheten om kunnskapens frukt:

> Dere skal slett ikke dø! Men Gud vet at den dagen dere spiser av den, vil øynene deres bli åpnet, og dere vil bli som Gud og kjenne godt og ondt.[56]

– Dog som Gud før han fortrengte sannheten om sin egen natur. Hans væren er nå ignoranse, i motsetning til menneskets innerste vesen. Derfor døde ikke Adam og Eva da de spiste av den forbudne frukt. Derimot vekket de Guds vrede, fordi Gud da begynte å frykte mennesket. De ble ikledd et skinn av forgjengelighet, og ble nektet tilgang til livets tre,[57] ignorant om at evigheten var noe mennesket allerede besittet.

Så vit dette, du søkende, at du allerede besitter det du søker.

Adam og Eva spiste frukten fra kunnskapens tre. De tok til seg slangens lys. Da ble deres øyne åpnet, og de skjønte at de var nakne.[58] Ikke lenger ikledd uvitenheten om Guds sanne natur – Adam og Eva stod nakne framfor sannhetens lys. De skammet seg over deres Faders misgjerninger, og de skammet seg over deres egen uvitenhet. De hadde vokst ut fra barndommens trygge vugge – et begrensningens fengsel. De flettet sammen fikenblader og bandt dem om livet.[59] Med dette ikledde de seg

56 Fra 1. Mos 3:4-5

57 Viser til 1. Mos 3:21-24

58 Første del av 1. Mos 3:7

59 Siste del av 1. Mos 3:7

oppvåkningens symbol[60], og et løfte om sin tilbakekomst[61]. Satan hadde oppnådd det han ville. Adam og Eva var utdrevet fra paradis, livet var nå iblandet smerte og jorden forbannet av Gud.[62] De var fortsatt uvitende om lysgnisten som de besittet i sitt indre, og de hadde kun en vag fornemmelse av livsgnisten når de elsket med hverandre, for da var de hele. Satan skapte seg om til en lysets engel,[63] og sa til mennesket:

> Du har latt deg bli gjennomstrålt av mitt lys, og latt meg bli ett med ditt vesen – men har du tenkt gjennom konsekvensene? Du trodde kanskje at du ved å gi deg hen til meg skal få, men du tar feil! Jeg har intet annet å gi enn tomme skygger. Jeg begjærer å eie ditt liv – jeg begjærer å eie deg! Jeg besudler din renhet med sannhet. Jeg knuser din kjærlighet med virkelighet. Jeg er din fortids demoner i ny drakt, som du trodde du endelig hadde unnsluppet.
>
> Se – nå har du våknet, lettet over at det bare var et mareritt. Men når du åpner øynene så ser du din frykt manifestert. Min essens er lyset, min frelse er mørket, men vit at jeg bare taler sannhet. Jeg blender deg med strålende lys, men det er kun en refleksjon av ditt eget – således bevitner jeg ditt fall.

Mennesket hadde falt.

---

60 Buddha oppnådde Nirvana, oppvåkningen, under et bodhitre, et fikentre

61 Fikentreets blomstring er et symbol på Menneskesønnens tilbakekomst – viser til Luk 21:29-33

62 Viser til 1. Mos 3:16-17

63 Fra 2. Kor 11:14

Menneskets Fall

En advarsel i hans blikk, etterfulgt av tom taushet – som om blikket alene var nok til å forstå. Foruroligende, ja, men alt annet enn talende. Forvirring oppklarer ei, og tausheten befestet den betingelsesløse kapitulasjon i hans favør. I skam bøyde jeg hodet og dekket til min nakne uvitenhet. Med taushet samtykket jeg i at advarselen var velbegrunnet, men forble uvitende i hva det hadde blitt advart om. Dette ble senere omtalt som Adams synd.

I triumf fôr Satan bort, og mennesket stod igjen, helt alene. I denne menneskets mørke natt, manifesterte mistanken seg – at Herren Gud ikke ville mennesket vel. For så høyt har Gud elsket verden,[64] sitt skaperverk, men mennesket var et feilgrep, med selvhevdelsens ulydighet i sitt indre. Gud måtte tilintetgjøre denne destruktive skapning som ødela alt på sin vei.

– Er Gud altså ond?

God eller ond – er det ikke alltid et spørsmål om hvilket perspektiv man innehar? Tenk om det er mennesket som er ondt? Tenk om vi fra Guds side ikke er å anse som et produkt av det gode, og vi er som blodsugende mygg i hans tilværelse? Vi er bærere av malaria, og verden er infisert. Derfor vil Gud oss til livs. Mennesket er sin Skapers fiende, for vi bærer i oss vår Faders dødelighet. Da mennesket spiste frukten av kunnskapens tre, og lot frøet spire i sitt indre – da ble mennesket selv et kunnskapens tre, for Gud – vi ble kunnskapen om godt og ondt, kunnskapen om Guds sanne natur, kunnskapen om den store løgnen. Godt eller ondt er i forhold til Guds egen målestokk. For mennesket derimot, er Gud ond, fordi han vil drepe oss, mens vi vil leve.

---

64 Fra Joh 3:16

Derfor spiste vi av kunnskapens tre, selv om vi da var ulydige mot Guds påbud, selv om vi da i Guds øyne falt for det onde – og ble onde. Men mennesket spiste av kunnskapens tre, for å kjenne liv fra død – for å kunne se livets tre, gjemt i vårt indre. Heller fallen enn død. Men i bunn og grunn – alt vi ønsket var å bli elsket, som resten av skaperverket blir. Er det av det onde?

I Guds fravær søkte vi sammen for å bøte på ensomheten.

Kains Merke

Herren så kjærligheten mellom Adam og Eva, og han var sjalu. Han begjærte kjærlighetens gave, som etter hans opprinnelig plan med skapelsen av mennesket skulle vært tiltenkt ham. Herren ville elskes, og dette var ment å være menneskets bestemmelse. Herren og hans trofaste engler, gudesønnene, ville ha Eva for seg selv, og la seg etter henne. De fanget henne og de voldtok henne. Gjennom voldtekten av Eva håpet Gud å oppleve kjærligheten han higet sånn etter, og samtidig regnet han med Adams sjalusi, nå som Eva ikke lenger var hans alene. Herren Gud begjærte Eva, og han besudlet henne med sin sæd. Hun fødte ham en sønn, og derfor sa hun:

> Jeg har fått en gutt av Herren.[65]

Hun kalte sønnen Kain. Siden fødte hun Abel, broren hans. Abel ble sauegjeter, Kain ble jorddyrker.[66] Men det gikk ikke slik Herren hadde tenkt. Kjærlighetens gave kan kun gis i frihet, og kan ei tiltvinges. Gud tok også feil av Adam, for med erfaringens gave og den forstand gitt til ham av kunnskapens frukt, forstod selvsagt Adam at hans kone ikke kunne klandres. Tvert imot rammet menneskets dom Gud for hans forbrytelse.

Herren la derfor en ny plan – en langt snedigere plan som involverte Kain, fordi han var av den onde[67]. Herren håpet at hans sønn hadde arvet hans natur. Han lyktes, for Kain var i sannhet av den onde, og han hadde arvet sin Faders sjalusi. Krigergudens

---

65 Fra 1. Mos 4:1 i bibeloversettelsen 1978/85

66 1. Mos 4:2

67 Viser til 1. Joh 3:12

blodtørstighet vistes i hans velvilje til Abel og hans offergave[68], og ondskapen i ham i Kain og hans gave som han ikke enset. Da ble Kain brennende harm og så ned.[69] Herren gjenkjente sjalusien i sin sønn, og egget den ytterligere:

> Hvorfor er du harm, og hvorfor ser du ned? Hvis du vil gjøre det gode, kan du se opp, men hvis du ikke vil gjøre det gode, ligger synden klar ved døren. Den ønsker makt over deg, men du skal herske over den.[70]

For Herren gjenkjente den sjalusi som ikke lar seg stagge, og visste at han med sine ord også senere kunne vise seg som en etterpåklokskapens Herre. Han gledet seg over endelig å kunne felle dom over sin dommer, mennesket. Og Herren Gud lyktes med sin plan. Av kjærlighet søkte vi sammen for å bøte på ensomheten. Slik Kain vendte seg mot Abel og slo ham i hjel[71], slik vendte mennesket seg mot seg selv og slo sin livsgnist i hjel. Da vi vendte oss mot hverandre, besudlet vi vår kjærlighet, Moderens gave. I stedet for samhold blant menneskene, var det nå splittelse. I stedet for hengivenhet og kjærlighet, var det nå sjalusi og hat. Evas tårer over tapet av sin sønn, var menneskets sorg over tapet av sin uskyld. For det å slå i hjel sin neste, det er menneskets sanne synd.

---

68 Viser til 1. Mos 4:4

69 Fra 1. Mos 4:5

70 Fra 1. Mos 4:6-7

71 Viser til 1. Mos 4:8

Abel døde ung og uten barn, så hvem er vi etterkommere av?[72] Kains merke[73] er menneskets fortapelse, som vi deler med Herren. Kains merke er et menneskes tall, og Herrens navn eller det tall som svarer til navnet.[74] Eiersyken er sjalusiens opphav. I den foreligger kombinasjonen av usikkerhet på seg selv og begjæret etter å være noe mer enn andre i en blandet suppe. Således syndet mennesket. I synden splittet vi oss selv og vi mistet oss selv. Mennesket glemte livets tre og evigheten deri.

---

72 Hva med Set, i 1. Mos 4:25? Set er forøvrig også navnet på en egyptisk ørkengud og brodermorder

73 Viser til 1. Mos 4:15

74 En parallell til Åp 13:17-18

Forglemmegei

«Hvem er jeg?» spør jeg min muse.

Jeg vet ikke hvor jeg er, jeg vet ikke hvor jeg skal, eller hvor jeg kommer fra. Alt er et tomt kaos. Mørket omslutter meg, og frykten knuger rundt hjertet mitt, mens jeg desperat klynger meg til en døende verden. Jeg er på vandring inn i mørket. Jeg er sliten og setter meg ned, men finner ingen hvile.

Jeg tror det begynte da jeg var i mine ungdoms år. En total kollaps da barnetroen sviktet. Jeg var på egenhånd. Glede erstattes med sorg. Uskyld erstattes med skitne bortforklaringer. Jeg var vakker i min standhaftighet, inntil jeg selv grafset grådig på forbudte steder. Umerkelig, snikende som slangen, besudlet jeg min renhet. Hvordan gikk det til? Jeg hadde ideelle vilkår, og klamret meg selv til min barnetro, som allikevel ble mistet, på grunn av mine ubesvarte spørsmål.

«Er det så farlig?» hvisker slangen. Jeg våger ikke å svare, i redsel for å befeste min fortapelse, men spørsmålet kverner rundt inni meg, for Guds rettferdige vrede uteblir – kanskje min Far tok feil?

Livets lek og lengsel: Jeg lever ut ilden i mitt indre og dyrker dualismen i min natur. Ilden er spennende å leke med – den er flyktig og fascinerende, så livfull, men også smertefull – om jeg dveler for mye ved dens kjerne. Da er det godt å kjøle ned en opphetet legemsdel i vannbredden hvor jeg med møye og omsorg dyrker blå vakre blomster: Sjelens evighetslengsel. En ukjent, men gjenkjennelig stillhet hvisker: «Forglemmegei.» De blå blomstene er vakre, fordi de minner meg om noe jeg har glemt. Jeg veksler mellom min lidenskapelige lek med begjærets ild og min lengselsfulle blomsterdyrking, til splittelsen i min sjel er et faktum. Leken og lengselen virket uskyldig nok, men de hadde rett – jeg påkalte Guds hellige vrede over meg.

Syndfloden

Med menneskets synd kunne Herren slå seg til ro. Gud og menneske var omsider på samme nivå – endelig like små, og Herren kunne endelig puste lettet ut. For rettferdighetens Gud er i sannhet en rettferdiggjøringens Gud. Det er for øvrig ingen tvil om at menneskenes gjerninger viste seg som langt verre enn hans egne! Herren gjenopptok sin opprinnelige hensikt med skapelsen av mennesket: Han ville elskes, og dette var menneskets bestemmelse. Imidlertid innså han at kjærligheten bare kan bli gitt i frihet, og mennesket måtte derfor få være i fred, for å kunne gi ham den kjærlighet han så sterkt higet etter. Derfor trakk Gud seg tilbake og hvilte den syvende dag.[75] Og i hans fravær fulgte mennesket sin natur.

I Guds fravær manglet englene, hans førstefødte, sin Faders rettledning, og de mintes godt hans tidligere eventyr som hadde rammet Eva, menneskenes mor. Da så gudesønnene at menneskedøtrene var vakre, og de tok noen av dem til koner, dem de helst ville ha.[76] Men Guds eksempel er ei til etterfølgelse, og selv om hans lover ikke alltid er like kjente, kan gyldigheten ei bestrides. Guds lover er guddommelige og dermed absolutte. Men menneskenes livfulle gjerninger er støy i Guds ører, og menneskene forstyrret hans hvile. I irritasjon vendte han sitt blikk mot jorden, og han så at hans førstefødte sønner levde sammen med menneskedøtrene og fikk barn med dem. Han hørte at englene ble omtalt som de mektige fra eldgammel tid, de navngjetne.[77] Irritasjon ble til frustrasjon, grunnet sjalusien og skuffelsen som stakk i ham. Han likte heller ikke lovordene av

---

75 Viser til 1. Mos 2:2

76 1. Mos 6:2, og med utførlige beskrivelser i Enoks bok

77 Fra 1. Mos 6:4

sine førstefødte. Kjærligheten som var tiltenkt ham selv, ble atter ødslet bort på andre. Ikke hjalp det å intervenere, og ikke hjalp det å trekke seg tilbake.

Da angret Herren at han hadde laget menneskene på jorden, og han var full av sorg i sitt hjerte. Og Herren sa:

> Jeg vil utslette menneskene som jeg har skapt, fra jorden, alt fra mennesker til fe, kryp og fugler under himmelen. For jeg angrer at jeg har laget dem.[78]

Herren sendte da ut en storflom over verden: Alt som hadde livspust i nesen, alt levende på landjorden, døde.[79] For menneskets livfullhet var støy i Guds ører, og menneskets natur samsvarte ikke med dets bestemmelse. Og fordi mennesket i begynnelsen gjennom skapelsesordet hadde gitt liv til naturen, var Herren redd at mennesket også hadde forringet hele hans skaperverk med sin livaktige tilstedeværelse. Ja, han fryktet at hele skaperverket var besudlet av menneskets tilværelse. Derfor lot han storflommen ramme alt på sin vei. Han utslettet alt som fantes på jorden, fra mennesker til fe, kryp og himmelens fugler, alt ble utslettet fra jorden. Bare Noah[80] og de som var med ham i arken, ble tilbake,[81] fordi Noah fant nåde for Herrens øyne,[82] med sin lovlydighet og livløse framferd. Noah viste Gud at hans egentlige vilje var at mennesket ikke skulle følge sin natur, men loven. Videre måtte Herren skille menneskedøtrene fra sine gudesønner, og han fordrev derfor menneskene fra sine hjem.

---

78 1. Mos 6:6-7

79 1. Mos 7:22

80 Hebr. "hvil, være stille"

81 1. Mos 7:23

82 Fra 1. Mos 6:8

Vi ble sendt på en ark ut på drømmenes hav. Fordrevet fra våre hjem måtte vi slå oss ned i ødemarken. Vi la ut på en seilas i underbevissthetens hav og fordrevet derifra. Dypets kilder og himmelens sluser ble stengt[83] – mennesket var fra nå av avskåret fra sitt åndelige opphav og fra sin natur, livets bolig. Ravnens uforrettede flukt[84] var menneskets tap av sine tanker og sine minner[85]. Duens tilbakekomst med et friskt oljeblad i nebbet,[86] viser til menneskets nye liv, begrenset til sine sanseinntrykk alene, nå som vår magiske verden var vasket vekk. Dog fikk menneskeslekten et forgjengelig løfte om fred med sin Herre.

Men avsperret fra himmelen måtte mennesket gis et håp. Gud ga oss derfor regnbuen, som en bro mellom menneskenes verden og den åndelige verden.[87] Men for den som tror han kan nå himmelen på denne er det et fåfengt håp. Dette bevegelige forbindelsesledd kan ikke nås av noen, for regnbuens vokter flytter alltid portalen utenfor ens rekkevidde. Vokteren er blind, men kan passeres om du kjenner hans navn. Dog gir regnbuen menneskene den lovnad og det håp om at vi ei skal bli glemt, for som Herren sa:

---

83 Fra 1. Mos 8:2

84 Viser til 1. Mos 8:7

85 Hugin (Tanken) og Munin (Minnet) er Odins ravner i norrøn mytologi

86 Viser til 1. Mos 8:11

87 Bifrost – broen mellom menneskenes og æsenes verden i norrøn mytologi

Når jeg samler skyer over jorden
og buen blir synlig i skyene,
da vil jeg tenke på pakten
mellom meg og dere
og hver levende skapning,
alt kjøtt og blod.[88]

Regnbuen er Livets vann som bryter lyset. Den synlige regnbuen på himmelen er Herrens drømmer om det tapte lyset. I vårt indre er regnbuen våre drømmer, den flyktige forbindelsen mellom vår bevissthet og vår tapte underbevissthet. Regnbuen er det bevegelige bindeleddet mellom vår verden og den tapte himmelen, mellom vår våkne virkelighet og den tapte søvnen.

Dog hadde vi hverandre, og vi viste vår samlede styrke i byggingen av Babels tårn[89], da vi prøvde å gjeninnta himmelen. Herren slo da tilbake og innskrenket vår evne til å forstå hverandre intuitivt, og befestet således sin makt. Hans velde var nå ubestridelig.

Mennesket stod helt alene.

---

88 Fra 1. Mos 9:14-15

89 Viser til 1. Mos 11:1-9

Den Store Loven

Herren Gud ønsket likevel å befeste sin makt over menneskeslekten ytterligere, og tok derfor Abrams navn fra ham. Ved å være navngiveren sørget Herren for full kontroll over Abraham og hans etterkommere.[90] Med kravet om omskjæring[91] fratok Herren fra mennesket dets opprinnelige fødselsrett – den frie vilje. Menneskets vilje ble Guds vilje, og hans vilje var at mennesket ikke lenger skulle følge sin natur, sin frihet, men å underkaste seg hans store lov. Den store loven er mer kjent som pakten[92], for å gi en illusjon av gjensidighet. Gud godtok ikke menneskets sanne natur. For hør hans ord, gjennomsyret som de er av mistenksomhet:

> Hvem er du, som lurer i min skog?
> Hvem er du, som miner i mitt fjell?
> Hvem er du, som dyrker min mark?
> Hvem er du, som ferdes på mitt hav?
> Hvem er du, som skal erobre stjernene?
> Kjenn din plass, hold mine lover, vokt dine lyster
> – forbli min!

For dette er Herren Guds vilje, at menneskeslekten skal følge hans store lov. Dette er i sannhet menneskets klagesang, min leser, som fant sted da Abram ble frarøvet sin verdighet fra sin Fader. Abraham, menneskeslektens stamfar, oppga sin frie vilje av frykt for Gud. Grunnet sin gudfryktighet glemte mennesket sitt kjærlighets opphav, og med det glemte mennesket seg selv, at det er født i frihet, og mennesket gjorde seg selv til slave av den

---

90 Viser til 1. Mos 17:5

91 Viser til 1. Mos 17:10

92 Viser til 1. Mos 17

store loven. Menneskeslekten, like blind som sin Herre, ble av ham utnevnt som dødens ryttere. De feide gjennom ødemarken med stor hast for å brenne byer, og de voldtok kvinner i omkringliggende land. De slo opp lover der de kom, om at ingen fikk ha et navn – i stedet ble alle som én kategorisert med numre, og derav frarøvet uskyldens blod. Menneskets liv lå skjult i sort røykos, og vi er her i jordlivet etterlatt i dødens klør.

Kjenner du ei igjen dommen som rammer deg, min leser?

Se inn i deg selv, og du vil kanskje gjenkjenne dem – lot ikke du din flammetale ramme det lille barn, som med uforvarende viljesbruk gikk imot det gjeldende bud, men som egentlig ikke visste bedre? Eller voldtok du ikke med dine ord, da du i en opphetet diskusjon sikret deg en giftig seier? La du ikke land øde da du i frykt kuet andre slik du selv blir kuet? Dette er ikke gjerninger av kjærlighet, siden kjærlighet kun kan fødes i frihet – den tvungne kjærlighet er redselens barn, og vendes om til hat mot herre, når sverdet senkes fra strupen. Kun den hengivne kjærlighet, født i frihet, er evig – vedvarende i sin natur, og kan ei tas, men bare mottas. Dette må imidlertid ikke misforstås som kjærlighetens doble natur. Det finnes kun én kjærlighet, slik det også finnes én sannhet, et mysterium – men disse er forvrengt, og det falne mennesket tilber vrengebildene, og skammer seg over sitt nakne kjød, i stedet for å ære kjærlighetens frukter, og gi seg hen til elskers favn. Å nekte å motta er å nekte sin nestes frihetsbetingelses gave. At kjærlighet ei kan tas, men bare mottas, det forstod aldri Herren, og denne forståelsen er for dagens mennesker tapt. Herren Gud objektiviserte sitt eget subjekt, og påtvang verden sin vilje. Slik begikk Gud den samme synd som brodermorderen Kain på det sjelelige plan.

Dog ønsket Gud å teste menneskets lydighet. Var den så ubetinget som Abraham ga inntrykk av? Til hvem næret Abraham den største kjærligheten? Gud kalte på Abraham og sa:

> Ta din sønn, den eneste[93], Isak, han du elsker, og dra til landet Moria[94]! Der skal du ofre ham som brennoffer på et av fjellene. Jeg skal fortelle deg hvilket.[95]

Abraham fulgte Herrens bud lojalt, i taushet – hvilken absurd tro! En troens ridder var Abraham – en som underkastet seg sin tro på Herren, som i troen forkastet sin rasjonalitet og moralitet. I troen oppga Abraham seg selv, og sin tro satte han høyere enn sin elskede sønn. I taushet reiste Abraham, for å unngå å bli stilt til ansvar, og uten forbehold reiste Abraham, for å vise sin betingelsesløse kapitulasjon for Herrens påbud. Abraham viste Gud at han som den enkelte, som Herren, uomtvistelig var blitt satt høyere enn det allmenne, kjærligheten.[96] Et bevis på tro ble satt høyere enn et uskyldig liv. Og i det øyeblikket Abraham rakte ut hånden og tok kniven for å slakte sønnen sin,[97] hadde han ofret menneskenes uskyld til Herren. Gudfryktigheten var i sannhet etablert i menneskeslektens hjerte, for:

---

93 Hva med halvbroren Ismael, 1. Mos 16:4?

94 Tempelområdet i Jerusalem ville siden bli et tilbakevendende stridsområde for mennesker

95 Fra 1. Mos 22:2

96 Henvises her til Søren Kierkegaard: *Frygt og Bæven*

97 Viser til 1. Mos 22:10

> Mine kjære, dere har jo alltid vært lydige mens jeg var hos dere. Så vær det enda mer nå når jeg er borte, og arbeid på deres frelse med frykt og beven![98] Og: Gjør slaktebenken klar til barna på grunn av fedrenes synd![99]

Som kjent stoppet Herren Abraham fra å slakte sønnen sin,[100] i det øyeblikk han beviste seg som Herrens medskyldige i hans misgjerninger. Da Abraham så opp, fikk han øye på en vær som hang fast etter hornene i et kratt like bak ham. Abraham gikk bort, tok væren og ofret den som brennoffer i stedet for sønnen sin.[101] Med dette ofret Abraham sine forfedres ihukommelse og deres væren i verden.[102] Menneskeslekten hang fast etter hornene til den store loven. Vi var bundet sammen i en lenke til stjernene. Vi hadde underordnet oss vår skjebne, samfunnets predestinasjon, og således gitt grobunn for fanatismens potensialitet. For Abraham hylles i ettertiden som en troens ridder, som om troen på den blodtørstige Gud opphever hans morderiske intensjon? Hvilken hån av menneskets frie vilje – hvilken absurditet pålagt oss av lovens Gud. Selv om Abraham ikke myrdet sin sønn, myrdet han sin frie vilje, sin kjærlighets essens. Og Herren Gud kunne i sannhet le[103] godt, for menneskets viljeløshet var uten tvil vel forankret. Dette er beretningen om Guds store lek med menneskets mest intense og innerste følelser, vår forankring, vår

98 Fil 2:12 i bibeloversettelsen 1978/85

99 Fra Jes 14:21

100 Viser til 1. Mos 22:12

101 1. Mos 22:13

102 Sauen som symbol på menneskeslekten, med henblikk til Menneskesønnen som lammet (Åp 5:6), og således blir Adam, menneskenes første far, væren

103 Isak, hebr. "han vil le"

natur og vår bestemmelse – nemlig kjærlighetens vesen, uselvisk som den er i sin natur. Vi etterstrebet å følge vår plikt: Å elske Gud, vår neste og oss selv. Faderen hadde dog fortrengt sin egen kjærlighetsaffære, fra tiden før tidenes morgen, fra tiden før begynnelsen hadde tatt til. Han hadde også fortrengt at det var han som tvang gjennom adskillelsen fra Moderen, fordi han ikke godtok hennes natur. Et liv i overflod stemte ikke inn i Faderens strenge kategorier, i en ordnet plan for verden. Han ville heller ikke vedkjenne seg smerten skilsmissen med Moderen hadde påført ham.

Fedrenes Synd

Herren lar ikke den skyldige slippe straff. For fedrenes synd straffer han barn og barnebarn, og tredje og fjerde slektsledd.[104] Men hvem tar straffen for Herrens synd?

Gå inn i deg selv, menneske, og erfar hvordan du bærer i deg dine foreldres natur i deg! Hva fortalte vår Far oss i vår barndom?

Tenk deg en evig barndom, bekymringsløs og stagnert – dette er Edens hage, forespeilet oss av vår Far. Men vår Mor i oss responderte på slangens tale, for hun gjenkjente sannheten som forespeilet oss vår frie vilje. Dette er synden, å bomme på målet, som vår Far uttrykte det, når vi ikke går hans vei. Det viste seg for ham at vi ikke var hans kloning, fordi vi innehadde både vår Fars og vår Mors natur i oss. Det tålte ikke vår Far, for han likte ikke å se Mor i oss siden det minte ham på den vonde skilsmissen som fant sted før krigen i himmelen. Vi forbannet vår Mor da vi skjønte at den frie vilje innebar utvikling, og dermed tap av trygghet. Vi forbannet vår Far da vi skjønte at han hadde lurt oss med sin sidestilling av Mors natur og døden. For mennesket døde som kjent ikke. Mennesket dyrket likevel sin Far i hans fravær gjennom å konstruere samfunnet etter hans modell, dog som en blek kopi. Mor opererte i det skjulte, trass i menneskets avvisninger, gjennom å la det oppdage forvandlingens kunst[105]. Det vi alltid har søkt, uten å vite det, er å anerkjenne Mors natur i oss. Far er allestedsværende, Mor tilsynelatende fraværende, og dermed desto mer trykkende i vårt indre. For utvikling tvinger seg på, smertelig, fordi vi fornekter den. I Fars ånd konserverer vi. I Mors ånd oppløses vi. Det er vi som bærer vår Faders synd.

104 Fra 2. Mos 34:7

105 Eg. alkymi

I altfor stor grad er vi et produkt av våre foreldre – trekk ut ethvert personlighetstrekk fra mennesket, og du vil også finne det hos enten dets far eller mor. Ser du da på ditt barn og rister benektende på hodet? Se igjen – er ikke dine tankeløse ord hans tankeløse gjerninger? Er ikke verdiene du så innbitt forfekter, og som han har forkastet med hån i blikket, et annet uttrykk for samme innbitthet? Er ikke dine bekymringer for om du har oppdratt ham godt nok også hans bekymringer for om han vil oppfylle dine håp og drømmer? Menneskets streben etter gjøren og laden i hverdagens virke har det fra sin far, menneskets nysgjerrighet og søken fra sin mor – renheten i dets hjerte er fra deres felles håp for sitt barn, dog hadde de motsatte beveggrunner. Enhver egenskap mennesket dyrker og verdsetter – kimen er hos dem. Vår renhet er i vår streben og søken, og dette er veien til Visdom. Erkjennelsen av dette er opphavet til forfedrekulten. Så jeg bønnfaller Eder, foreldre, ikke vær for ulike – for den striden vil da bli en del av deres barns natur. Kan vi noen gang være oss selv og ikke noe annet – det er i sannhet å bli forløst[106].

Så hva nå?

O menneske! Gjeninnta din rettmessige plass, for du er mer enn summen av dine foreldre, og det frykter din Far, og det gleder din Mor. Dog, som et menneske er jeg dømt til frihet, dømt til valgfrihet. Så mange valg! Hvordan skal jeg klare å anerkjenne alle mine valg, selv når jeg vet de ikke er riktige – tiden strekker ikke til. Jeg strekker ikke til. Verden forgår. Jeg består. Det er alltid for sent, for lite, utilstrekkelig – utilstrekkelighet. Jeg gir meg hen til evigheten, om enn i begrenset tid. Nok en dag, nok en evighet, i min begrensede tid. Livets vakre øyeblikk, de farer forbi, som

---

106 "Å befri", eg. frelse, dog en mer spesifikk term

i en drøm[107]. Livet er et venterom. Aldri i nuet. Et møte mellom fortidens skygger og framtidens forventninger. Jeg venter på tid til bearbeidelse. Jeg venter på drømmenes realisering. Aldri i nuet. I det øyeblikk jeg vet hvem jeg er, har jeg stagnert. Jeg må vite hvem jeg blir. Jeg vet hvem jeg vil bli, men ikke hvem jeg blir. Intellektet overser følelsene, følelsene er relasjonelle, og jeg forblir ute av kontroll. Å kontrollere er å stagnere, fordi andres vilje overses. Jeg er et relasjonelt vesen, og mister derfor viten om hvem jeg blir, essensen for hvem jeg er. Jeg er kun min urealiserte framtid – en forventet eksistens, og den er intet. Min væren er min framtid, for fortiden har passert.

Tiden leger alle sår fordi tidens tann tærer alt. Erfaring er alt vi er – dog er erfaringen tom, og derav er tomhet alt vi er. Men gjennom erfaring vil vi forbli. Nemlig intet!

---

107 Fra Seigmen: "*Sort disippel*"

Jeg Er Den Jeg Er

Abraham viste i tilstrekkelig grad at han hadde til hensikt å overholde Herrens bud og utrette hans befalinger, uten forbehold, men Herren så at han i etterpåklokskapens navn kunne virke ubesluttsom og svak i at han hadde ombestemt seg vedrørende ofringen av Isak. Denne forandringen av hans guddommelige vilje kunne av ettertiden bli misforstått. Gud fryktet at hans bestandighet med dette kunne trekkes i tvil, og han måtte derfor vise sin makt og velde[108] som evig og ubestridelig. Han utpekte Moses til å bli hans verktøy for å poengtere hans tidløse allmakt. Med Moses[109] skulle Herren bli dratt opp av dette grumsete uklarhetens vann. Herrens makt var alt, og Gud viste seg i en tornebusk[110] som sto i flammer, men busken ble ikke fortært av ilden.[111] Gud sa til Moses:

> Jeg er den jeg er.

Og han sa:

> Slik skal du svare israelittene: Jeg er[112] har sendt meg til dere.[113]

Beretningen om de ti landeplager som Gud sendte over Egypt er kjent, og etterlater ingen tvil om Guds makt og velde.

---

108 Hebr. Shaddai El Chai

109 Hebr. "dra opp"

110 Antakelig en akasie, som også Jesu tornekrone var laget av

111 Fra 2. Mos 3:2

112 Jeg er, hebr. Eheieh

113 Fra 2. Mos 3:14

Den ene landeplagen ble verre enn den andre: Nilens vann ble gjort til blod, og folket ble plaget av frosker, lus, insektsvermer, pest, verkebyller med blemmer, hagl og gresshopper.[114] Så ble landet hyllet inn i et stummende mørke – mennesket ble fratatt håpets lys. Men hver gang forherdet Gud faraos hjerte,[115] så han nektet å la jødene dra. Hver gang ble mennesket nektet å unnslippe Guds plager, ved at han forherdet faraos hjerte. Tilslutt endte plagene i den tiende av dem – en av svært grotesk karakter. Herren gikk gjennom Egypt som dødens engel, og drepte alle de førstefødte. Slik ville han sikre kontrollen også over menneskenes etterkommere. Men jødenes hus med de blodmalte dører gikk ødeleggeren forbi, og dette var innstiftelsen av påsken[116].[117] For etterkommerne av Abraham, han som hadde vært villig til å slakte sin elskede sønn, hadde Herren allerede i sin hule hånd. Ingen skal tvile på Herrens allmakt! I israelittenes 40-årige vandring i ørkenen befestet de sin avhengighet til Herren og ble hans utvalgte folk.

Moses' andre viktige oppgave for Herren var som lovgiveren. I Guds øyne er ulydighet alltid diabolsk – spørsmålet er om man gjør en gjerning til et anliggende i henhold til loven, hvilket alltid er tilfellet for Gud. Dog spares Herren for unødige frustrasjoner om loven er kjent for folket. Hans lover var ikke alltid like kjent, dog kan selvsagt gyldigheten ei bestrides. Guds lover er naturligvis guddommelige og dermed absolutte. Med utformingen av de ti bud[118] kunne Guds vilje ei betviles for samtid og ettertid. Guds bestandighet for menneskeslekten var sikret.

---

114 Viser til 2. Mos 7-11

115 Bl.a. i 2. Mos 10:1

116 Pesach, hebr. "å gå forbi"

117 Viser til 2. Mos 12:12-14

118 Viser til 2. Mos 20

Gud ville nødig bli påminnet sin urgamle kjærlighetssorg fra fordums tid. Likeledes ville han også for ettertiden sikre seg sin ervervede kontroll over menneskeslekten, og derfor utformet han det første bud:

> Du skal ikke ha andre guder enn meg.[119]

Gud ville med dette hindre mennesker i å tilbe andre enn ham – mennesket skulle ikke lenger tilbe sin livgiver, Moderen. Moses utviklet således læren om én Gud etter påbud fra Herren. Gud ville tilbes alene, og alle menneskeslektens opphøyde tanker skulle tilhøre ham, vår Herre! Ja, hele vår tilværelse skulle kretse rundt ham, og skamløst innrømte han om seg selv:

> For jeg, Herren din Gud, er en nidkjær Gud.[120]

Videre sa han, i sin evinnelige mistenksomhet:

> Hvem er du, som våger å påstå at du kjenner deg selv?
> Hvem er du, som forsøker å styre andres skjebner?
> Hvem er du, som våger å vekke de sovende?
> Hvem er du, som ikke vil følge strømmen?
> Gud ser deg, og er ikke tilfreds!

Guds endelige herredømme og totale kontroll over menneskeslekten var nå sikret.

---

119 2. Mos 20:3

120 Fra 2. Mos 20:5

KUNNSKAPENS FRUKT

Selv om Gud hadde oppnådd den totale kontroll over menneskeheten, saumfor han stadig deres hjerter i jakten på lovbrudd og hatefulle tanker mot deres Skaper. Dette visste Satan. Så en dag kom gudesønnene og trådte fram for Herren. Blant dem var også Anklageren.[121] Han la fram en strålende idé for Herren – nemlig å teste Jobs rettferdighet, ved å la urett ramme ham. I henhold til pakten hadde Job en klar forventning om Herrens velsignelse og beskyttelse, så lenge han selv overholdt loven, men hvor dypt stakk hans lovlydighet mot sin Skaper? Hvordan ville han nå reagere dersom han urettmessig ble rammet av tap, sykdom og nød? Guds lover er absolutte, og skal følges uansett. Er det ikke kun av sin store nåde at Gud skjenker menneskene av sine gaver? Han er ikke oss en skyldner. Gud begynte å frykte han atter en gang hadde blitt lurt av disse uregjerlige menneskene, for han hadde ofte trukket frem Job som et eksempel til etterfølgelse. Tenk om hans lovlydighet var hul, og at han ikke var oppriktig i sine lovprisninger av Herren? Gud kjente sin mistenksomhet nære en ulmende vrede, og han sa seg enig med Satan – Job måtte testes. Ja, faktisk fortjente han det forestående.

Gud ga Satan Job i sin makt, men livet var ikke hans å gi.[122] For Livet var ikke i Herrens makt, for det var av Moderen. Men alt som var hans å gi – det ga Herren. Han ventet i spenning iblandet bekymring og mistenksomhet: Hvor oppriktig var Job i sin tro? Gjennom Satan, og med Herrens velsignelse, ble Job rammet av tap, sykdom og nød. All hans rikdom ble tatt ifra ham, han mistet sin familie og sitt hjem, og han ble slått med vonde byller,

---

121 Job 1:6

122 Viser til Job 2:6

som han skrapte seg med, med et potteskår.[123] Da vennene hans kom, og knapt kjente ham igjen, hadde de intet å si for å mildne Jobs plager.[124] Mennesker søker sammen, men står alltid alene. Vi forblir fremmede for hverandre, og derfor gjenkjente heller ikke vennene til Job den egentlige Job. Derfor feilet de også i sin kritikk da de prøvde å overbevise ham om at han egentlig hadde syndet. Dette gjorde de i frykt. De fryktet vilkårligheten som hadde rammet Job. For dersom Job, av alle mennesker på jord, ikke ble spart – hvem kunne da føle seg trygg? Ingen! Mennesket står alltid alene, og kan ikke vente seg støtte i nødens stund.

Job hadde dog forstand nok til å skjønne at han ikke måtte spotte Herren ved å forbanne hans navn. Job var som kjent en gudfryktig mann.[125] Men hans innerste sjel var rystet, og idet han ga fullstendig opp, og var villig til å gi seg hen til sin miserable skjebne,[126] da kom Ordet ham til unnsetning – Ordet inntok Job. Til sist åpnet Job munnen og forbannet den dagen han ble født.[127] Med hans ord felte han en dom, ikke over Herren, men over Herrens gjerninger. På snedig vis omgikk Job på denne måten lovens forbud om ikke å forbanne Skaperen gjennom å misbruke hans navn[128], men gjennom sine ord forbannet han skapelsen:

---

123 Fra Job 2:7-8

124 Viser til Job 2:12-13

125 Viser til Job 1:1

126 Viser til Job 6:13

127 Job 3:1

128 Viser til 2. Mos 20:7

La den forbannes av dem
som maner fram ulykkesdager,
de som kan vekke Leviatan.
La nattens morgenstjerner slukne,
la den vente på lys som ikke kommer,
la den aldri se morgenrødens første blikk![129]

Og Ordet talte gjennom Job, og han stod opp i redsel mot Gud:

Så legger jeg heller ikke bånd på min munn.
Jeg vil tale med angst i ånden
klage i bitter sjelekval.[130]

Job kjente godt til Herrens velde og makt, og visste at han med dette pådro seg Herrens guddommelige vrede:

Kan et menneske ha rett mot Gud?[131]
Hvem trosser ham og slipper fra det?[132]
Han river bort, hvem kan hindre ham?
Hvem kan si til ham: «Hva er det du gjør?»[133]
Gud holder ikke sin vrede tilbake![134]

Job talte på vegne av menneskeheten og den urett de hadde lidd. Ordet åpenbarte Herrens gjerninger for verden:

---

129 Job 3:8-9

130 Job 7:11

131 Fra Job 9:2

132 Fra Job 9:4

133 Job 9:12

134 Fra Job 9:13

Selv om jeg hadde rett, kunne jeg ikke svare,
jeg måtte be min dommer om nåde.[135]
Selv om jeg har rett, erklærer min munn meg skyldig.
Er jeg uskyldig, dømmer den meg som falsk.[136]
Det går ut på ett. Derfor sier jeg:
Uskyldig eller skyldig – han utsletter begge.[137]

Holdt han kjeppen sin borte fra meg
så hans redsler ikke skremte meg,
da kunne jeg tale uten frykt.
Nå kan jeg ikke det.[138]
Han er den eneste, hvem kan hindre ham?
Det han har lyst til, det gjør han.[139]
Gud gjør meg motløs,
Den veldige skremmer meg.
Men jeg tier ikke i møte med mørket,
når belgmørket dekker meg.[140]

Dette er ordene til det lidende mennesket i dødsangst! Job viste verden at Herren ikke overholdt sin del av pakten – at den kun gikk en vei – fra mennesket til Herren! Job holdt hardnakket på at han handlet godt og rettferdig, og insisterte på sin uskyld. Således viste han for hele verden hvilken mørkets fyrste Herren i sannhet er. Likeledes stod han imot fristelsen fra sine venner om å gi etter; å erklære seg som en synder, for å frikjøpe Gud fra

---

135 Job 9:15

136 Job 9:20

137 Job 9:22

138 Job 9:34-35

139 Job 23:13

140 Job 23:16-17

sitt ansvar som hersker. På menneskehetens vegne stod Job opp i henhold til sin frie vilje, i redsel, mot Gud, og han lot Ordet tale gjennom seg:

> Så lenge det er livsånde i meg,
> pust fra Gud i min nese,
> skal mine lepper ikke tale urett
> og tungen ikke bære fram svik.[141]

Job påkalte også sitt hjertes liv, Ånden, i sitt indre:

> Jeg holder fast på min rettferd og slipper ikke.
> Hjertet fordømmer ingen av mine dager.[142]

Gud hadde gått for langt. Jobs ord stilte Gud til ansvar for sine gjerninger. For menneskene var ikke Guds gjerninger i verden noen lek, men en tragedie i utallelige akter.

Da Herren hørte Ordets dom over sine gjerninger, holdt verden pusten. For dette kunne ikke Gud umiddelbart vedkjenne seg. Da svarte Herren Job ut av stormen og sa:

---

141 Job 27:3-4

142 Job 27:6

> Hvem er dette som formørker min plan
> med uforstandige ord?
> Spenn beltet om livet som en mann[143],
> så vil jeg spørre deg, og du skal svare.[144]

Jobs spørsmål om den urett Herren hadde latt ramme ham, forble ubesvarte fordi Herren ikke hadde noe svar – i stedet ønsket han at mennesket skulle svare ham på hvem den mektigste er. Herren Gud ville med sine retoriske spørsmål skremme Job til taushet. Hans makt er så overveldende, og hans veier uransakelige, og Job gjorde klokt i å tie. Ja, han ble endog truet med henvisning til Leviatan[145]! Guds drap av Leviatan før tidenes morgen, hvor han brukte liket i utformingen av verden, omtalte han nå som en pakt hvor han kunne ta slangen som slave for alltid.[146] Gud hadde også omskrevet historien, slik at hans førstefødte, Lucifer, nå var av Leviatan:

> Lys stråler fram når han nyser,
> øynene hans er som morgenrøden.[147]

Herren hadde fortrengt sitt lys. Til tross for at Leviatan er død, brenner hans indre kjerne:

---

143 Henviser her til 1. Kor 13:11-12: Da jeg var barn, talte jeg som et barn, tenkte jeg som et barn, forsto jeg som et barn. Men da jeg ble voksen, la jeg av det barnslige. Nå ser vi i et speil, i en gåte, da skal vi se ansikt til ansikt. Nå forstår jeg stykkevis, da skal jeg erkjenne fullt ut, slik Gud kjenner meg fullt ut.

144 Job 38:1-3

145 Viser til Job 40:20

146 Viser til Job 40:23

147 Job 41:9

Fra gapet går flammer av ild,
gnister spruter fram.
Røyk kommer fra neseborene
som fra en kokende gryte over brennende siv.
Pusten setter kull i brann,
en flamme står ut av gapet.[148]
Han setter dypet i kok som en gryte,
lar havet boble som salve i gryta.[149]

I sine videre beskrivelser av Leviatan, forherliget Herren seg selv, ved å vise til hva som fulgte etter Leviatans kaotiske skrekkvelde:

Bak ham ligger lyset som en sti,
som om havdypet hadde fått sølvhår.[150]

Og i opphøyelsen av Leviatan, demonstrerte Herren sin egen majestet ytterligere, ved å ha seiret over ham:

Ingen på jorden er som han,
skapt helt uten frykt.[151]

På denne måten var Herrens tale til Job klar:

> Du har intet du skulle ha sagt, og du har intet å stille opp med. Du måler deg ikke engang med Leviatan, og dermed langt mindre med meg!

---

148 Job 41:10-12

149 Job 41:22

150 Job 41:23

151 Job 41:24

Ordet sådde Visdommens frø i Jobs vesen, og erkjennelsen tok liv i ham. Sannhetens lys gjennomstrålte hans forstand. Job forstod så alt for godt: Da svarte Job Herren og sa:

> Jeg vet at du makter alt.
> Ingen ting er umulig for deg når du vil det.
> Hvem skjuler din plan med uforstand?
> For jeg har talt uten å forstå,
> om det som er så underfullt at jeg ikke fatter det.
>
> Så hør på det jeg nå sier:
> Jeg vil spørre deg, så kan du lære meg.
> Før hadde jeg bare hørt rykter om deg.
> Nå har jeg sett deg med egne øyne.
> Derfor kaller jeg alt tilbake og angrer
> i støv og aske.[152]

Job stod ansikt til ansikt med Gud, og så ham med egne øyne – ingen kan utstå Herrens åsyn, og Job brant til aske.[153] Han ofret sine ord, og til støv ble de.[154] Med dette var Ordet sådd i den røde jords dype grunn. For Guds åsyn brant Job til aske, og fra asken kunne Ordet atter gjenoppstå i mennesket.[155]

For Jobs egen del var dette også en historie om Jobs avsløring av sin egen selvrettferdighet.[156] Job hadde en forventning om Herrens velsignelse og beskyttelse, fordi han selv overholdt

---

152 Job 42:1-6

153 Parallell til den romerske myten om Jupiter og Seleme

154 Et forvarsel om Ordets inkarnasjon

155 Lik fuglen Fønix

156 Dette er William Blakes fortolkning av Jobs bok, ifølge Geir Uthaug, s. 445

loven. Likevel ble han rammet av tap, sykdom og nød. Han forstod ikke at verdens ulykker rammer vilkårlig. Vår Skaper er blind og selvrettferdig, og hans egne vektskåler etterkommer ei hans eget bud[157]. Jesus påpekte senere nettopp den manglende rettferdigheten som verden besitter: For den som har, skal få, og det i overflod. Men den som ikke har, skal bli fratatt selv det han har.[158] Forvent intet av verden. Like fullt er ditt liv ditt ansvar – uavhengig av hva verden påfører deg. Ja: Hold ut, så skal dere vinne livet![159] Dere har hørt hvordan Job holdt ut, og har sett hvordan Herren lot det ende.[160] Han ga tilbake alt det ytre han hadde fratatt Job, men besvarte ingen av menneskenes urovekkende spørsmål.

Dog tok Job feil om en ting – han så bare Herrens voldsomhet og majestet, like tilbake til tiden før begynnelsen.

> Vinden hans blåser himmelen klar.
> Hans hånd sårer den flyktende slangen[161].[162]

Job innså ikke styrken i sitt eget ords hvisking i stillheten:

> Se, alt dette er bare randen av hans vei;
> det er som å høre en hvisking.
> Men når hans makt tordner, hvem kan da forstå det?[163]

---

157 Viser til Ordsp 11:1: Herren avskyr falsk vekt, men gleder seg over nøyaktige lodd.

158 Matt 13:12

159 Luk 21:19

160 Fra Jak 5:11

161 Leviatan

162 Job 26:13

163 Job 26:14

Job møtte Guds utmanende utspørringer, hans utmattende utlegninger med taushet. Job bøyde sitt hode, ikke i pinlig skam, men i frykt og beven for denne rabiate galskapens Gud som han med sine spørsmål tydeligvis hadde drevet til vanviddens rand. Det gikk et forferdelsens lys opp for Job, at Herren oppfatter oss mennesker som sitt mistak, og at vi således er vår Skapers fiende. Herren vil utslette menneskene – han vil ha oss tilintetgjort.

> Tyst, min leser, og la ditt virke forbli i stillhet. Det ligger dyp visdom i gudsfrykt[164] for oss, jordens barn. O menneske – frykt den sovende guden! Ikke vekk ham fra hans søvns drømmer, ikke påkall hans oppmerksomhet – vær stille når han sover – frykt Herren!

Ja, Herren tillot ingen å stille spørsmål til hans gjerninger eller hans skaperverk. For, uforandret siden begynnelsen: Gud så på alt det han hadde gjort, og se, det var svært godt,[165] tenkte han – fortsatt. Han så på mennesket Job, den falne, som foran ham stod, på dette ynkelige vesen, formet av den røde jord. Det vekket hans nysgjerrighet – for det besittet noe som ikke var gitt av ham, men som var i ham – en uforståelig gjenkjennelse. Mennesket besittet dødens ord. Mennesket er sin Skapers fiende, for vi bærer i oss vår Faders dødelighet. Da mennesket i Edens hage spiste frukten av kunnskapens tre, og lot frøet spire i sitt indre – da ble mennesket selv et kunnskapens tre, for Gud – kunnskapen om godt og ondt, kunnskapen om Guds sanne natur – at Guds væren er ignoranse. For kunnskap er uvitenhetens død. Således er mennesket Guds død.

Riktignok var Job atter truet til taushet, men ordene var uttalt,

164 Viser til Job 28:28

165 Fra 1. Mos 1:31

og gjennom dem var en tanke gitt liv. I menneskenes sjel spiret i stillhet tanken fram i mørkets avgrunn, for der å skulle vokse seg opp fra jordens sjel når den er rede. For, hør de gamle ord som alltid har vært menneskets håp:

> I Begyndelsen var Ordet, og Ordet var hos Gud, og Ordet var Gud. Det var i Begyndelsen hos Gud. Alle Ting ere ved det blevne til; og uden det er ikke end en eneste (Ting) bleven til (af det), som er bleven til. I det var Liv, og Livet var Menneskets Lys. Og Lyset skinner i Mørket, og Mørket fattede det ikke.[166]

Lucifer, Guds opprinnelige lys, så på mennesket, og han var imponert over dets håndtering av Herrens guddommelige vrede. For lyset så det som Guds mørke ikke kunne fatte.

I Jobs ord ble Herren Gud budt frukten fra kunnskapens tre. Så tok han frukten og spiste. Da ble øynene hans åpnet, og han skjønte at han var naken.[167] Gud stod naken framfor Livets ord. Da begynte Gud å stille selvransakende spørsmål til seg selv om sine gjerninger. Og Gud begynte å frykte sitt skaperverk. Han trakk seg derfor tilbake til Edens hage, og i hans fravær glemte menneske sitt faderlige opphav. Gud la en glemselens svøpe over oss.

Dette var begynnelsen på den store søvnen.

---

166 Joh 1:1-5 i bibeloversettelsen 1886

167 Omskrivning av 1. Mos 3:6-7

Den Store Søvnen

Da Gud mistet sin makt over mennesket, mistet vi også oss selv. En rastløshet som følge av glemsel – en glemsel da bevissthet og underbevissthet skilte lag. Hva skjer med mennesket i fraværet av sin Gud? Jeg er en ensom sjel – forlatt og fortapt. Verden er dysset i søvn. Uten Gud ble jeg fremmed for hans skaperverk – meg selv. Jeg dro derfor ut på vandring, på leting etter meg selv. Med meg hadde jeg noen gullepler[168] som opplyste min vei i mørket. Dog visste jeg ikke hva de var ment til, men jeg hadde en dyp og umiddelbar følelse, en intuitiv oppfatning, om at jeg måtte våke over dem. De ga en gjenklang i mitt indre, som om de hadde en viktig betydning for meg.

På mine ensomme reiser i en gudsforlatt verden, i en verden i søvn, kom jeg til dødens by. En lunken elv rant gjennom byen, og ved dens bredde stod mennesker som stirret oppslukt ned i vannet. Sånn hadde de stått i manns minne, og intet kom til å vekke dem fra deres hypnose. I byens sentrum stod et piano utstilt, urørt i uminnelige tider. Det stod innskrevet at byens grunnlegger hadde fått sin oppvåkning gjennom pianoets verk, og at han derav hadde grunnlagt byens religion. Hva denne religionen var tuftet på, var det dog ingen som visste. Prestene hadde avlagt en taushetens ed, og deres messer foregikk i stillhet. Byen slumret stille.

Byens lover styrte menneskene. Deres påbud og forbud fulgte dem fra vugge til grav. For det var først i Guds fravær at menneskeslekten med sin frie vilje ble lovlydig. Menneskene

168 Hesperidenes gullepler ga evig liv i gresk mytologi. Idunns epler ga evig ungdom i norrøn mytologi.

fant det som den fornuftigste forordning. Enighet befestes gjennom regler, og således gir man avkall på sin frihet. Dermed mistet mennesket seg selv. De hadde kronet noen apekatter som regjerte byen med vanvidd etter machiavellisk[169] modell. Trass i vanstyret gjennomlevde byen tidens gang.

Jeg ble værende i byen, og kledde meg som de lokale for ikke å skille meg ut.[170] Jeg gjemte mine gullepler i tøyet, og jeg passet på å holde meg våken. Jeg visste at med søvnen ville glemsel følge. Jeg visste at jeg om jeg sovnet, ville bli som byens innbyggere. Jeg ville bli en av byens innbyggere. Alle mennesker bosatt i byen, var tidligere vandrere, som hadde glemt sine ferdslers mål. Jeg var sliten etter min lange vandring, og satte meg ned for å hvile. I byens sentrum sovnet jeg på min nattevåk, og da kom du og stjal mine gullepler. Du brukte det du stjal, og kastet glemselen over meg – jeg visste ikke lenger hvem jeg var. Da lagde du bilder av deg selv, og sa at jeg skulle tilbe dem. Du voldtok mine barn, og ba meg takke deg for den ære du tilkjennega dem. Jeg fryktet din makt, og gjenkjente den ikke som min egen. Jeg tjente deg, som fratok meg alt. Jeg takket deg, da du angrep mine nærmeste, fordi du forsikret meg om at det var for mitt eget beste. Nå som jeg vet, hvorfor tror du at du fortsatt kan være min gud?

Men min muse ber meg gjenoppta beretningen om Guds sanne natur. Jeg tar pennen fatt igjen. O muse, hva tenker Gud nå som hans øyne er åpnet etter å ha spist av kunnskapens tre?

---

169 Niccolò Machiavelli, realpolitikkens far – en makthaver har rett til å bruke alle midler i statens interesse.

170 Inspirert av *"Sangen om perlen"*

Guds Fall

Mennesket er Guds utfall. Vi henfaller til livet. Gjennom verden forfaller vi. Mennesket er i fritt fall. Således er mennesket Guds dårlige samvittighet. Gjennom mennesket mistet Gud troen på seg selv, på sin skaperkraft.

Mennesket er Guds speilbilde – i hans bilde var vi skapt. Gud så i speilet, men likte ikke det han så. Han knuste derfor speilet, og forårsaket derfor sitt fall.

Hør hans stille hvisking:

> All makt er tilfalt meg. Alle mine ønsker oppfylles. Alle mine tanker er. Min verden er virkelighetens verden, og alle andre må rette seg etter meg – for det jeg ønsker ødelagt går til grunne, det jeg misliker rammes som lyn fra klar himmel. Jeg oppløser verden, for jeg hater verden. Min vrede er guddommelig, og verden vil gå til grunne, for det er mitt ønske. I verden går jeg som dødens engel, men jeg behersker ikke makten jeg besitter. En ukontrollert tanke – og det skjer. Et impulsivt ønske – og det skjer. Jeg slakter solen, jeg voldtar månen, og jeg ignorerer ledestjernen. At all makt har tilfalt meg er verdens ulykke, og snart står jeg igjen, som en ensom konge i et rike av ruiner.

Blindet av min glemsel fortsatte jeg mitt virke som anklager av den manglende moral. Jeg innførte loven, og intet forble skjult for mitt nådeløse øye – unntatt meg selv. Dog gjennomskuet jeg den manglende moral i mitt indre, som var min eneste ledetråd – og mine tanker mishaget meg, så jeg fengslet meg selv. Uten meg selv ble jeg fremmed for mitt virke i moralens og lovens navn, men fortsatte mine anklager – nå av det som syntes annerledes enn min oppfatning. Skiftende og lunefull ble min rettesnor – tilfeldig og brutal ble min dom.

Den første synderens avkom er hatet – bitterheten over eget tap.
Den andre synderens avkom er sorgen – fortvilelsen over mørkets inntog.
Den tredje synderens avkom er glemselen – for lyset skimtes ei mer.
I søvnens apati blir hat til lovverk, og lengsel til begjærets jag.

Jeg så meg selv i speilet, men tålte ikke mitt eget speilbilde – i desperasjon knuste jeg speilet. Livets engel ble sendt til meg av Moren, men i stedet for å gi meg hen til hennes varetekt, like tillitsfullt som et barn, grep jeg tak i engelen – i en knugende omfavnelse, forblindet av mørke, for jeg visste ikke hva jeg gjorde.

> Mine fryktelige skrik, født av blind redsel, vitnet om mitt fall – Jeg voldtok engelen som var sendt til meg, og hun fødte meg en sønn: Motstanderen[171]. Å voldta Livet ble for stor en byrde å bære. Jeg glemte min misgjerning, og jeg glemte Livets ord i mitt indre.

Motstanderen foraktet sin Mor for hennes frarøvede renhet, og sin Far for hans fornektelse. Men aller mest foraktet han svakheten i deres klamrende kjærlighet til hverandre, for det var denne som hadde brakt all deres ulykke over dem. Moren hadde ikke kommet om det ikke var i kjærlighet, og Faren hadde ikke tatt det som var ment å mottas om han ikke hadde higet etter kjærligheten. Da den Ene begynte å tenke på seg selv, frambraktes også bevissthetens motpol, som med selvbevissthetens nådeløse lys skinte i mørket[172]. Og Gud foraktet sin egen svakhet. Konflikten var et faktum, konsekvensen var et fall.

I hans bilde vokste et nytt tre fram i verdens midte: Kunnskapens tre var dets navn, kunnskapen om godt og ondt. For i dets frukter var denne grusomme sannhet samlet, den sannhet som Gud selv ikke kunne vedkjenne seg. Derfor var kunnskapens tre også et dødens tre – et fengsel for de som ikke kjenner seg selv.

Gud tenkte stille videre:

---

171 Eg. Satan

172 Viser til Joh 1:5

> Er det min kjærlighet til mennesket som gjør meg svak? Kanskje jeg bare tror jeg elsker? Kanskje er også det en illusjon? Da har jeg i sannhet feilet – for da dyrker jeg kun min lidelse. Da er jeg ingen kjærlighetens Gud, men en lidelsens. Hva er egentlig kjærlighet? Jeg higet etter menneskets kjærlighet, men hvordan kan jeg ta imot noe jeg ikke selv kan gi?

Gud forstod Jobs ord så alt for vel. Gud hadde forrådt sitt skaperverk. Mennesket var blitt større enn sin Skaper, og eneste måte å gjeninnta sin rettmessige plass som verdens hersker, var gjennom selv å bli et menneske.[173] Gud – som fullt Gud, fullt menneske – hvilken absurditet, hvilken selvmotsigelse; ikke i den forstand at Gud kan bli et menneske, men hvordan kan mennesket bli Gud? Dette er en forening kun Gud selv var i stand til å foreta. Gjennom at Gud selv ble et menneske, kunne ikke menneskene være større enn ham. Et paradoks tar Livets form. Gud sendte seg selv, sin enbårne Sønn, til jordlivet for å bli født som menneske.

Ved å gi seg selv til menneskelivet ga Gud oss nåden som en trøst i vår lidelse. For loven ble gitt ved Moses, nåden og sannheten kom ved Jesus Kristus.[174]

---

173 Ideen er hentet fra "Carl Gustav Jung: *Svar på Job*"

174 Joh 1:17

Menneskesønnen

Og Ordet ble menneske
og tok bolig iblant oss,
og vi så hans herlighet,
en herlighet som den enbårne Sønn
har fra sin Far,
full av nåde og sannhet.[175]

Slik ble Gud født som menneske. Jesus[176] ble gitt til oss av Herren for å frelse oss fra Herren og for å gi Herren selv frelse.

Mennesket i utlendighet, i fraværet av sin Gud, talte gjennom døperen Johannes og sa:

> *Jeg er en røst som roper i ødemarken: Gjør Herrens vei rett.*[177]

Hør mennesket som kaller på Ordet! Og Ordet kom til menneskene, og lot seg døpe i vann[178], i Leviatans blod, for på den måten å ta sitt kors opp[179], og ta på seg menneskeslektens selvfornektelse og synd. Da Jesus var blitt døpt, steg han straks opp av vannet. Og se, himmelen åpnet seg, og han så Guds Ånd komme ned over seg som en due. Og det lød en røst fra himmelen:

---

175 Joh 1:14

176 Hebr. Gud gir/frelser

177 Fra Joh 1:23

178 Viser til Joh 1:26

179 Viser til Luk 9:23: Om noen vil følge etter meg, må han fornekte seg selv og hver dag ta sitt kors opp og følge meg.

> Dette er min Sønn, den elskede, i ham har jeg min glede.[180]

Det var Moderen som talte. Jesus mottok hennes Ånd. Gjennom Ordet som ga Gud liv i verden, skulle hun sette ham på sporet av kjærligheten. Og den er å finne hos menneskene – Ordet kalte seg derfor Menneskesønnen, for et menneske var han blitt, og menneskelivets vei skulle han vandre på, til dødens gave omsider skulle bli gitt til ham, slik den blir gitt til alle mennesker. Og kjærligheten var gitt til ham som hans livsoppgave. Gjennom døden i oss, våknet Livet opp, for å vise oss vår iboende frihet som vi hadde glemt – slik erkjente Menneskesønnen sin frie vilje.

Likevel følte Menneskesønnen på en iboende rastløshet, for han klarte ikke helt å føle seg hjemme i menneskenes verden. Hans nattesøvn bar ingen gode drømmer. Han ønsket å riste jordens dype søvn av seg. Og han sa til seg selv:

> Jeg var Gud, jeg er menneske, og skal til sist forgå i natur – hvordan forstå forholdet mellom disse?

Menneskesønnen var en rastløs sjel destinert til å ofre seg selv, for å erkjenne kjærlighetens vesen. Den ensomme sjels vandring i jordlivet var lang og tung. Hvilken byrde han hadde påtatt seg: Å være menneskeslektens ihukommelse – i hjertets stillhet ytret han sitt eget navn, mens hans øyne uopphørlig skuet nattens klare stjerne[181], hvori håpet ble næret av en lengsel til den Ene. Han nedtegnet sitt glade budskap[182] som skrift i sand,

---

180 Matt 3:16-17

181 Viser til Joh 1:5: Lyset skinner i mørket [...]

182 Gr. Evangelium

ubønnhørlig ble det skylt bort av havets bølger, i uopphørlig bevegelse – rastløse bølger som skylte over sanden. Dårene hånte hans forgjengelige kunstverk, men i sannhet var han et Visdommens barn. Ordet holder det evige budskap lik friskt vann, gir ikke opp, men lar stjernen blinke i skiftende tider. Og den som uttaler sitt navn, skjenkes full av fyldig vin[183]. Og vinen er menneskeslektens visdom – en transformasjonsagent som farger alt den rører. Man forblir ei upåvirket i dens nærvær. Det usagte ord, den uttalte stillhet, den ettertenksomme berøring av det innesluttede pinselens hjerte, som forsiktig blomstrer fram for å motta solens[184] livgivende stråler. Å motta en tillatelse til å passere vokteren – en tillatelse tuftet på en viljeshandling alene. Vokteren er blind, men hører alt. Kjenner du hans navn, kan du passere - kun i stillhet kan han passeres, for han har intet navn. Vandreren oppnår denne stillhet i sitt indre kun gjennom renselse i lidelse.[185] Kun den rensede ibebos av viljen. En renset skuer dypet av sin bunnløse brønn. Det stilnede vann speiler Guds ansikt. Den lengtendes hjertes ild som kontinuerlig holdes ved like. Den levende flamme – livgivende og ødeleggende, uopphørlig brennende. Vandringsmannen slår seg ikke til ro i ødemarken, men er alltid på vandring. En iskledd syklus som virvler inn i evigheten. Livet tok bolig i mennesket da lyset døde i oss, for at vi selv skulle lyse i mørket da alt annet var tatt ifra oss – slik erkjente Menneskesønnen sitt indre lys.

Med sannhetens lys i sitt indre, erklærte Jesus opprør mot Gud. Hør hans røst i ødemarken:

---

183 Viser til bryllupet i Kana, hvor Jesus gjorde vann om til vin, Joh 2:1-11. For øvrig er det en mulig tolkning at ordet gud, urindoeuropeisk *´ghutóm, etymologisk kan bety "skjenke" (alkoholholdig drikke) eller "offer".

184 Viser til skapelsens gjenopprettelse

185 Viser til de 40 dagene i ørkenen

> For å vitne om sannheten er jeg født, og derfor er jeg kommet til verden. Hver den som er av sannheten, hører min røst.[186] For: Jeg er verdens lys. Den som følger meg, skal ikke vandre i mørket, men ha livets lys.[187]

Jesus kom for å gi menneskene Livets gave – han kom for å gi oss sannheten Gud hadde fratatt oss – han kom for å gi oss tilbake lyset Gud hadde fratatt verden. Gjennom disse gjerninger hadde Herren prøvd å kneble vår frie vilje, som han angret på at han hadde utstyrt oss med. Og gjennom Guds gjerninger mot menneskeslekten, var ikke menneskene mer enn en skygge av sitt egentlig selv. Gjennom sin lov, basert på de ti bud, hadde Herren frarøvet menneske sin frie vilje, og dette skjønte Jesus – og slik forholdt han seg til Guds lover, de ti bud:

> Spottet han ikke sabbaten og følgelig også sabbatens Gud? Myrdet dem som ble myrdet på grunn av ham? Brøt loven da det gjaldt kvinnen som ble grepet i hor? Stjal andres arbeid for å vinne seg tilhengere? Bragte falskt vitnesbyrd da han nektet å forsvare seg for Pilatus? Begjærte da han bad for sine disipler? Og da han bad dem riste støvet av sine føtter, mot dem som nektet å losjere dem? Jeg sier deg, det kan ikke eksistere noen dygd uten å bryte disse budene. Jesus var tvers gjennom dygd, og handlet etter impuls, ikke etter regler.[188]

---

186 Fra Joh 18:37

187 Fra Joh 8:12

188 William Blake: "*Marriage of Heaven and Hell*", Geir Uthaugs oversettelse, s. 233

Som Jesus sa:

> Sabbaten ble til for mennesket, ikke mennesket for sabbaten. Derfor er Menneskesønnen herre også over sabbaten.[189]

Han handlet etter hjertet, og godhet for ham var i henhold til intensjoner – ikke ytre lover som regulerte menneskets hverdag i henhold til forbud og påbud. Så dypt er de innplantet oss, at vi selv i vår lovlydighet engster oss for om vi kanskje muligens utilsiktet kan ha brutt noen lover gjennom slepphendthet, uvitenhet, eller ren og skjær redsel for å gjøre feil: Vit, menneske, at du er mistenkt skyldig til din uskyld er bevist, og da; om enn så lenge! Men vi tror likevel du kan ha brutt noen lover – vi har bare ikke oppdaget det – ennå. Til dette responderte Menneskesønnen og sa:

> En mistillit til gudene gjennomsyrer min væren i verden. Hvorfor følge deres lover? – som fratar min rett: Å nyte livets gaver. Jeg er større enn dem, i kraft av å være dødelig. Jeg er mektigere enn dem, i kraft av å være feilbarlig. Jeg elskes mer enn dem, i kraft av intet å besitte! O guder – et menneske skrider fram!
>
> Herren åpenbarte seg for Moses i tornebusken som ikke brant opp, men: Jeg har brakt ild over verden, og se, jeg våker over den til den flammer opp.[190] For ingen av mørkets avkroker vil overleve meg. For: Tro ikke at jeg er kommet for å bringe fred på jorden. Jeg er ikke kommet for å bringe fred, men sverd. Jeg er kommet for

189 Fra Mark 2:27-28

190 Thomasevangeliet 10. Henviser også til Luk 12:49: Ild er jeg kommet for å kaste på jorden. Hvor gjerne jeg ville at den alt var tent!

> å sette skille: Sønn står mot far,[191] for min Far er mørket, og jeg er menneskenes lys.

Drevet av Ånden,[192] dro Jesus ut i ødemarken, for der å sette vår verden i brann. Og der var djevelen, som hadde hørt hvert eneste av Menneskesønnens ord. Han håpet å ha funnet en medsammensvoren for endelig å kunne styrte Gud fra himmelen, sin fiende fra de tidligste tider. Etter førti dagers faste sa djevelen til Jesus:

> Er du Guds Sønn, så si til denne steinen at den skal bli til brød.[193]

Med dette tilbød Satan Jesus å bli menneskenes konge. Men Jesus svarte:

> Det står skrevet: *Mennesket lever ikke av brød alene.*[194]

Og med dette forkastet han Satans tilbud om å bli menneskene hersker ved å gi dem brød.[195] Dessuten forkastet Jesus Guds pålegg til menneskene ved utdrivelsen av oss:

> Med svette i ansiktet skal du spise ditt brød.[196]

---

191 Fra Matt 10:34-35

192 Fra Luk 4:1

193 Fra Luk 4:3

194 Luk 4:4

195 Ideen er hentet fra Fjodor Dostojevskij: *Brødrene Karamasov*

196 Fra 1. Mos 3:19

Han forkastet Herrens manna[197], som han i falsk trøst ga sitt utvalgte folk etter å ha ydmyket og sultet dem, for å tvinge dem til avhengighet.[198] Jesus erklærte seg som et fritt menneske i stedet for å bekrefte seg som Guds Sønn.

Da tok djevelen ham med til den hellige byen, stilte ham ytterst på tempelmuren og sa:

> Er du Guds Sønn, så kast deg ned herfra! For det står skrevet: *Han skal gi englene sine befaling om deg.* Og: *De skal bære deg på hendene så du ikke støter foten mot noen stein.*

Men Jesus sa til ham:

> Det står også skrevet: *Du skal ikke sette Herren din Gud på prøve.*[199]

For rett nok, som Satan sa: Herren skal gi englene sine befaling om å bevare deg på alle dine veier,[200] men dette fordrer gudfryktighet[201]. Fordi Jesus ikke lenger fryktet Herren, kunne han ei ha tillit til Herren. Han forkastet dermed Herrens betvingende vann som han slo ut av klippen ved Horeb[202], det vann som han ga sitt utvalgte folk etter å ha latt dem tørste i

---

197 Manna, brød fra himmelen, viser til 2. Mos 16

198 Omskrivning av 5. Mos 8:3

199 Matt 4:5-7

200 Fra Sal 91:11

201 Viser til Sal 34:8: Herrens engel slår leir rundt dem som frykter ham. Han frir dem ut.

202 Hebr. "hete", antakelig Sinai, hvor Moses mottok de ti bud

ørkenen,[203] det vann som ble gitt dem i bytte mot deres frie vilje. Videre avviste Jesus djevelens tilbud om ikke lenger å måtte støte foten mot noen stein, det vil si å bli oppløftet fra sitt menneskelegeme, vandrende på jorden i legemets begrensning. Som menneskene skulle Jesus følge naturlovene, og således erklærte han seg som et lidende menneske i stedet for å bekrefte seg som en opphøyet engel.

Så tok djevelen ham med seg opp på et meget høyt fjell og viste ham alle verdens riker og deres herlighet og sa:

> Alt dette vil jeg gi deg dersom du faller ned og tilber meg.

Da sa Jesus til ham:

> Bort fra meg, Satan! For det står skrevet: *Herren din Gud skal du tilbe, og ham alene skal du tjene.*[204]

Med dette forkastet Jesus Satans tilbud om at de sammen kunne lede et opprør mot Gud, for å avsette ham som verdens hersker. Jesus avviste med det å bli skapelsens konge. Dog viste han forstand, for i motsetning til israelittene som i dårskap stadig bedrev avgudsdyrkelse, og således påkalte Herrens vrede, skjønte Jesus at han her på jorden var en del av Guds skapelse, og derfor måtte forholde seg til spillereglene som følger deri. For, som han sa:

---

203 Viser til 2. Mos 17:1-6

204 Matt 4:8-10

> Tro ikke at jeg er kommet for å oppheve loven eller profetene! Jeg er ikke kommet for å oppheve, men for å oppfylle.[205]

Guds tiltenkte plan for menneskene etter utdrivelsen fra Edens hage var å dyrke jorden som vi var tatt av.[206] Jesus hadde til hensikt å oppfylle dyrkingen av den røde jord – han skulle avle fram sannhetens frø i mennesket. Således erklærte han seg som et oppvåknet menneske i stedet for å bekrefte seg som et menneskets skygge.

Jesus motstod alle de fristelsene israelittene falt for i sin 40-årige vandring i ørkenen da de ble Herrens utvalgte folk. 40 – dette prøvelsens tall! For Jesu prøvelser i ørkenen var på 40 dager,[207] likeledes varigheten på syndfloden.[208] Elias fastet i ørkenen i 40 dager,[209] og likeledes bar Esekiel Israels synder i 40 dager.[210] Moses kom ned med Guds bud til menneskene etter 40 dager på Sinai-fjellet,[211] og det er også antall piskeslag man kan få etter loven.[212] Jesus var 40 timer i graven, hvorfra han foretok sin ferd ned til dødsriket, og deretter var han atter 40 dager i verden. Menneskedøtrene bærer sine ufødte barn i 40 uker,[213] dette hellige liv som de bærer fram.

---

205 Matt 5:17

206 Viser til 1. Mos 3:23

207 Viser til Matt 4:2

208 Viser til 1. Mos 7:4

209 Viser til 1. Kong 19:8

210 Viser til Esek 4:6

211 Viser til 2. Mos 24:18

212 Viser til 5 Mos. 25:2-3

213 Fra *Codex Rosæ Crucis*

Den reelle fristelsen fra Satans side var i forhold til hvilke måter de sammen kunne styrte Gud. Ved å ta imot Satans tilbud, kunne Jesus ha gjort det beste for menneskeheten, i bytte mot menneskenes frie vilje, og han kunne blitt en langt bedre Herre enn Gud.[214] Imidlertid fornektet Jesus både Satan og Gud – Jesus gikk sin egen vei – frihetens vei.[215] Han ga verken fra seg sin frihet til Herren, eller som Herre – for begge deler krever underkastelse. I valget mellom de to, så valgte han den tredje vei. Menneskesønnen valgte den frie viljen. Jesus valgte altså ikke side i den gamle krigen i himmelen, men forente dem i et hellig bryllup. Alt som lever er hellig,[216] og således forløser mennesket verden med sin kjærlighet. For mennesket er visdommens far som har falt i glemsel, mennesket er kjærlighetens mor gitt forgjengelighetens kyss, og mennesket er evighetens barn med dødens gave. Gjennom Livet i oss, gjenopprettet vi vår frie vilje, for å gjennomstråle vår Gud med vårt lys[217] – slik erkjente Menneskesønnen sin guddommelige kjærlighet. Jesu kjærlighet i verden var Maria Magdalena[218], Morens enbårne datter, sendt til Jesus av henne. Og slik ble Jesus vår frelser, ikke som Gud, men som menneske.

Job fulgte Gud av frykt, men Jesus valgte å gi sin kjærlighet til Gud, for han var et kjærlighetens vesen – et menneske. Elsk deres fiender,[219] var hans bud, for vår misjon er å elske. Jesu budskap var:

---

214 Slik Fjodor Dostojevskij skriver i parabelen om storinkvisitøren fra *Brødrene Karamasov*

215 Dostojevskij: "Hvis Gud ikke eksisterte, ville alt være tillatt", ifølge Sartre, s. 15

216 Fra William Blake: *The Marriage of Heaven and Hell*

217 Henvisning til Abraxas

218 Fra Fillipsevangeliet og Maria Magdalenas evangelium

219 Fra Matt 5:44

> '*Du skal elske Herren din Gud av hele ditt hjerte og av hele din sjel og av all din forstand.*' Dette er det største og første bud. Men det andre er like stort: '*Du skal elske din neste som deg selv.*' På disse to budene hviler hele loven og profetene.[220]

Elsk din Gud til tross for hans feilbarlighet – hans vrede bunner i redsel for å mislykkes. Elsk Lucifer til tross for hans hat – hans vrede bunner i at han ble frastøtt og forlatt. Elsk din neste til tross for deres mangler – våre synder bunner i redsel for ikke å strekke til. Og således oppfylte Menneskesønnen Herrens lover. Således oppfylte Menneskesønnen menneskets bestemmelse. Således er Sønnen i sannhet en menneskenes sønn: Fullt ut Gud, fullt ut menneske!

Gjennom Menneskesønnen blir teofobi[221] til teofili[222]!

Den andre Adam[223] avløser den førstefødte.
Den siste Adam oppløser skaperverket.
Den nye Adam forløser den røde jord!

---

220 Matt 22:37-40

221 Gr. "frykt for Gud"

222 Gr. "kjærlighet til Gud"

223 Forskjellige navn brukt på Jesus, viser til 1. Kor 15:45

Korsfestelsen

Jesu absolutte kjærlighetsbudskap ble for mye å håndtere for Skaperen og skapelsen. I Guds fravær søkte vi sammen, for alt vi ønsket var å bli elsket, uavhengig av vår ulydighet, feilbarlighet og at vi ikke alltid klarte å overholde loven. Vi ville elskes for det vi var, men vi klarte ikke engang å elske oss selv. O frels oss fra oss selv! Så uutholdelig var friheten blitt for menneskene, at vi lengtet etter i fellesskap å underkaste oss vår Herre. Vi ville ikke hengi oss til vår glemte frihet, for frykten var så tilstedeværende – så nærværende, så nåværende. Det var den vi kjente, og derfor korsfestet vi vår frelse. Og det er vår tilstand: Vi opphøyer lovene, vi dømmer, vi hater og vi frykter hverandre, og således bryter vi det siste bud.[224] Til det sa Jesus:

> Far, tilgi dem, for de vet ikke hva de gjør.[225]

Men Gud, som hadde håpet at han omsider ville elskes av menneskene, så deres gjerninger, og besluttet å gi opp sitt skapelsesprosjekt. Han forviste mennesket til glemselen; til dødsriket, skyggenes verden, tårenes verden – en døende verden. Og således er dagens verden en skygge av fordums skjønnhet. Gud forlot oss den niende time, og den korsfestede Menneskesønnen ropte med høy røst:

> Eloï, Eloï, lemá sabaktáni?

Det betyr: «*Min Gud, min Gud, hvorfor har du forlatt meg?*»[226] Gjennom oss korsfestet Gud sin frelse. Og gjennom oss er dette

224 Viser til Matt 22:39: Du skal elske din neste som deg selv.

225 Fra Luk 23:34

226 Fra Mark 15:34

hans tilstand: Han opphøyer lovene, han dømmer, han hater og han frykter menneskene, og ved ham bryter vi således det første bud.[227]

Verden ligger øde – vi mistet Gud ved fallet – vi mistet mennesket ved glemselen – vi mister verden når vi stopper opp – når bevegelsen stilner, når stillheten blir enerådende – og alt blir ett. Først da trenger vi ikke lenger å frykte Herren.

227 Viser til Matt 22:37: Du skal elske Herren din Gud av hele ditt hjerte og av hele din sjel og av all din forstand.

Epilog

Jeg kjenner verdens dunkle hemmeligheter – jeg kjenner Guds avgrunn – jeg kjenner Lucifers sinne – jeg kjenner menneskets utgrunnelige potensial, men impliserer det at jeg kjenner meg selv? Skyldes all denne lidelse at mennesket ikke klarer å elske seg selv? Er virkelig all verdens ugagn, en verden i smerte, i bunn og grunn en søken etter en selv? Eller forblir vår Herre sovende? O muse – hvilket mysterium!

O min leser: Hør denne min beretning om menneskets psyke og kampene deri. Og jeg sier Eder:

Reis deg, menneske
vær din egen herre.
Du er ei underlagt noen autoritet
selvutnevnt i ditt fravær
og du bøyde deg for deres trusler.
Men vit at de er tomme
vit at deres makt kun er gitt av deg.

Reis deg, menneske
og søk din rettmessige frihet.
Du er gitt en gave
mer strålende enn naturens ynde
mer mektig enn universets velde
men den har du pakket inn
– gjemt og glemt.

Ta fram ditt lys
vær deg selv verdig.
Lev ditt liv
kjenn deg selv[228] og vær fri!

228 Gr. "Gnothi Seauton", som stod over porten til Orakelet i Delfi

Om Teksten

Teksten er et resultat av mange års forsøk på å trenge til bunns i visse emner innenfor den kristne kulturarv. Den kan karakteriseres som apokalyptisk[229], med de dramatiske litterære virkemidler det innebærer. Videre er den synkretistisk[230], både fordi jeg har latt meg inspirere av ulike religiøse tradisjoner, og også for å gjøre det lettere for meg å unngå å falle i fellen å etablere en ny koherent[231] forståelse. Teksten er ment å være innbyrdes selvmotsigende. Jeg utfører her en dekonstruksjon[232] av den kristne gammeltestamentlige gud, i den hensikt å vise at de moderne tolkninger som man oftest møter av disse gamle skriftene, ikke stemmer overens med det som av de aller fleste regnes som den kristne gud. Jeg forsøker med min dissekering av Den Hellige Skrift, med min polemiske behandling av løsrevne bibelsitater, å trekke en konklusjon av hvem guden som blir beskrevet i ordene vil vise seg å være. Jeg har derfor på ingen måte forsøkt å lage en fullstendig analyse av hellige skrifter, tvert imot – fortolkningsmulighetene er uendelige. Jeg påberoper meg heller ikke å si at jeg med denne teksten formidler "den rette tolkningen" av hvem Gud er eller hvordan skapelsesverket ble til. Disse finnes ikke i noen tekster, selv om man kan bli inspirert av hellige tekster. Den religiøse tro er ytterst personlig. Mine utlegninger er snarere ment som sinnbilder, som poetiske uttrykk, som indre kommentarer i møte med hellige tekster. De kan derfor også sees fra et psykologisk perspektiv, hvor størrelser hentet fra den religiøse terminologi egentlig er fakulteter i psyken. Her har Carl Gustav Jung gjort et formidabelt arbeid.

229 Gr. "avsløring", ofte en åpenbaring av dommedag

230 Gr. "sammenblanding", ofte om religionsblanding

231 Gr. "sammenhengende"

232 Teknikk for å avsløre hva teksten og leseren tar for gitt

Imidlertid mener jeg personlig at lesning av hellige tekster blir ganske kjedelig om man kun innehar dette perspektivet – det gir i stor grad en følelse av kontroll over teksten, men man mister også den indre uro det er meningen at lesningen av apokalyptisk litteratur skal skape.

Vår forståelse av tidlig kristendom ble mer nyansert gjennom funnet og oversettelsen av Nag Hammadi-biblioteket, en stor samling med gnostiske tekster som ga en svært annen versjon av Jesus-skikkelsen enn den vi finner i det nye testamentet. Disse tekstene er polemiske i sin natur, og det skal ikke utelukkes at de med hensikt er innbyrdes motstridende. Felles er at de tar et oppgjør med et dogmatisk gudssyn, som beror på hellige teksters autoritet. Disse tekstene hjalp meg å lese Bibelen med nye øyne, med mulighet til å innføre nye tolkninger til teksten foran meg. Imidlertid forfektet også de gnostiske tekstene gjennomgående et asketisk livssyn, som jeg selv har prøvd å løsrive meg fra. Derfor har jeg funnet stor inspirasjon i William Blakes tekster, især *The Marriage of Heaven and Hell*, og verket mitt er ment å være en direkte videreføring av denne fantastiske teksten, selv om jeg langt på vei har falt i de fellene han advarte mot. Jeg benytter meg ikke av Blakes terminologi, siden denne er svært vanskelig tilgjengelig uten et dypdykk i andre av hans tekster. Jeg viderefører derimot det jeg har forstått som hans intensjon med teksten, og ikler den en språkdrakt jeg håper er mer tilgjengelig for lesere i dag.

Teksten er ikke en tradisjonell eksegese[233], snarere er den et poetisk uttrykk, og språkdrakten er deretter. Jeg har bevisst forholdt meg til en språkdrakt som ligger nær opp til den bibelske, for å skape en god flyt i teksten. Fotnotene er brukt til direkte

233 Gr. "fortolkning"

sitater, til henvisninger til inspirasjonskilder, til påfallende paralleller, og som en forklaring av enkeltords etymologi[234], da jeg er av den formening at et ords opprinnelige betydning også sier noe om hvilken mening ordet egentlig innehar.

Jeg har sett meg nødt til å skape en ny teogoni[235], for i tilstrekkelig grad å løsrive meg fra min eksisterende forståelseshorisont. Den er derfor ikke ment å være utfyllende eller fullstendig; den er ikke et fullgodt alternativ til eksisterende teogonier, men er utelukkende skrevet for den senere tekstens hensikt. Kosmogonien[236] er hentet fra norrøn religion, fortrinnsvis for å skape en konflikt til tekstens kristne ramme. Antropogonien[237] er kristen, med gnostiske elementer innblandet. Jesus-skikkelsen er et talerør for min forståelse av Blake. Når vi blir presentert for to valg, har vi en tendens til å begrense oss til disse to valgene, og slik baserer vi oss utelukkende på den første partens forståelseshorisont. Jeg vil slå et slag for å kunne se etter det tredje valget, ikke ment som et kompromiss mellom de to første valgene, men som en syntese av dem; som er, med Blakes ord, et bryllup mellom himmel og helvete.

Jeg vil rette en spesiell takk til min kjære kone Ane, for støtte, innspill og alle våre samtaler, og til Rune for å realisere at dette ble en bok.

Knut Evjen, Oslo den 30.03.2013

---

234 Læren om ords opprinnelse og utvikling

235 Gr. "gudenes tilblivelse"

236 Gr. "verdens tilblivelse"

237 Gr. "menneskets tilblivelse"

Litteraturliste

Hele verket er inspirert av gnostiske tekster fra Nag Hammadi-biblioteket. Sitater og inspirasjon er fortrinnsvis hentet fra følgende tekster:

Apokryfe evangelier, Verdens Hellige Skrifter, De Norske Bokklubbene 2001

Aschim, Anders: *Guds namn – Glimt frå den nye bibelomsetjinga,* 09.05.2011, fra: www.bibel.no/Hovedmeny/Nyheter/Nyheter/Nyheter2011/NOB211-GudsNamn.aspx?p=1&

Bibelen eller Den hellige Skrift, Grøndahl og Søn 1886

Blake, William: *Blake's illustrations for the Book of Job,* Dover Publications 1995

Blake, William: *The Marriage of Heaven and Hell,* Dover Publications 1994

Codex Rosæ Crucis – D.O.M.A., Philosophical Research Society 1971

Dostojevskij, Fjodor: *Brødrene Karamasov,* Solum Forlag 2001

Enoks bok, Verdens Hellige Skrifter, De Norske Bokklubbene 2004

Gnostiske skrifter, Verdens Hellige Skrifter, De Norske Bokklubbene 2002

Hume, David: Sitat fra: no.wikipedia.org/wiki/Det_ondes_problem#cite_note-1

Jung, Carl Gustav: *Svar på Job*, Cappelens Forlag 1969

Kierkegaard, Søren: *Frygt og Bæven*, Gyldendals Tranebøger 1962

Milton, John: *Det tapte paradis*, Thorleif Dahls Kulturbibliotek, Aschehoug 1993

Sartre, Jean-Paul: *Eksistensialisme er humanisme*, Cappelens upopulære skrifter 1948

Steiner, Rudolf: *Rudolf Steiner og hans nye lære om mennesket og universet*, forelesningsrekke om Johannes' åpenbaring i Nürnberg 17.-30. juni 1908. I: Aukrust, Olav: *Dødsrikets verdenshistorie, bind III*, Dreyers Forlag 1985

The Nag Hammadi Library, Harper San Francisco 1990

Uthaug, Geir: *Den kosmiske smie*, Aschehoug 2000

Voluspå og andre norrøne helligtekster, Verdens Hellige Skrifter, De Norske Bokklubbene 2003

www.bibel.no, Bibelselskapet og Verbum 2011

Ødegaard, Rune: *Nøkkelen – Sethiansk gnostisisme i praksis*, Krystiania 2009

Ødegaard, Rune: *Porten – Sethiansk gnostisisme i praksis*, Krystiania 2013

Krystianias utgivelser:

Nøkkelen: Sethiansk gnostisisme i praksis	2009
Kabbalah: Vestens levende mysterietradisjon	2010
Corpus Hermeticum	2010
Salomos Oder	2011
The Key: Sethian Gnosticism in the postmodern world	2011
The Gate: Sethian Gnosticism in the postmodern world	2011
Noreas Bok: Drømmer om døden og skapelse	2013
Martinistordenen Ordre Reaux Croix	2013
Veien er Zen: Bodhidharmas lære	2013
Porten: Sethiansk gnostisisme i praksis	2013
Frostfjell: Zen-poesi fra fjellet	2013
Teofobi: Den gudfryktiges åpenbaring	2013

www.ingramcontent.com/pod-product-compliance
Lightning Source LLC
Chambersburg PA
CBHW030811310726
48980CB00006B/457/J

* 9 7 8 8 2 9 3 2 9 5 0 7 5 *